新潮文庫

掲載禁止

長江俊和著

新潮社版

10878

目次

掲載禁止

原罪SHOW

その光景を目《ま》の当《あ》たりにした瞬間、今まで感じたことのない、ざわざわとした悪寒《おかん》が、身体中《からだじゅう》に広がっていった。

車内灯が消された、マイクロバスの客席。乗客たちも固唾《かたず》を呑《の》んで、窓外の光景を凝視している。声を上げる者は誰もいない。呼吸すらも止まったかのように、威圧感のある静けさに征服されている。思わず、ハンドバッグを持つ左手に力がこもる。バッグの中に仕掛けたビデオカメラは、私の目の前で繰り広げられているとんでもない光景を、きちんと録画しているだろうか。バッグを開けて、すぐにでも確認したい。しかし、ここでそんなことはできない。

カメラのことを考えていたら、今まで私を支配していた、恐れや畏怖《いふ》のような気持ちは、次第に和らいでいった。いや、正確には、隠しカメラの存在によって思い出された職業意識のようなものが恐怖を制圧した、というべきであろう。わずか三十センチ四方の窓枠越しに繰り広げられる、非常識なショウ。まともな神経の持主ならば、目を背けたくなるはずだ。だが、その光景を凝視し続けた。なぜなら私は、この出来事をしっかりと目に焼き付けて、皆に伝えなければならないのだから……そうなのだ、私は今、スクープの瞬間の真っ只中《ま ただなか》にいる。報道ディレクターとしてのキャリアの中で、おそらく最高のスクープに違いない。冷静にならなければいけない。冷静に。私は自分にそう言い聞かせた。

Ki

奇妙なツアーの存在を知ったのは、とあるインターネットの掲示板サイトだった。そのサイトは、都市伝説や裏社会の出来事、芸能界のタブーなどが多数投稿されているような、怪しげなものである。だが、何か企画のヒントになるものはないかと、頻繁にチェックしていた。

局の報道部に異動して四年になる。今年の三月までは、事件や事故が発生すると、いち早く現場に駆けつけ取材する、発生班という部署に配属されていた。小柄ながら男勝りの性格が買われていたのだろう。しかし、四月に部内異動があり、企画班に配属されることになった。企画班への異動は、私の希望である。企画班とは、ニュース番組の後半に十五分から二十分ぐらいの尺で放送される、『万引きGメン密着』『悪徳ヤミ金業者に潜入取材』『大量発生！スズメバチ駆除××日の闘い』といった、いわゆる〝企画もの〟と言われるVTRを専門に手がける部署のことだ。発生班にいるときは、大事故や大事件、社会的に大きく注目されているニュースなど、最前線の現場で取材することができ刺激的だったのだが、いかんせん速報性が勝負。取材を終えたらすぐに編集、当日の放送に間に合わせなければならない。だが企画班では、題材を吟味する時間もあり、取材日数も与えられ、VTRの制作に時間を掛けることが許されていた。

そんな時だった。深夜、一人暮らしの自宅のデスクでネットサーフィン中、こんな書き込みを目にしたのは……。

『おまいら、人が死ぬとこを見せるツアーがあるって知ってる？』

『知ってる、知ってる。バスに乗って、殺人現場へ行くってヤツだろ』

『そんなツアー、あるワケないっしょ』

『マジマジ、俺のツレが参加。ちょーコーフンしたって言ってた』

最初は、他愛のない都市伝説の類《たぐい》だろうと思った。しかし何か気になり、インターネットで調べると、その掲示板以外にも、『人の死を見ることが出来るツアー』に言及しているサイトが、数多く存在していることがわかった。どうやら、ネット上では、ちょっとした話題になっているらしい。

翌日出社すると、早速、企画班に所属するリサーチャーのK女史に、このネタについて話してみた。リサーチャーは、番組のテーマや題材についての具体的かつ詳細な情報の調査を専門的に手掛けるスタッフである。

「人の死を見ることが出来るツアー？　あ、聞いたことがあります。結構、ネットで盛り上がってますよね」

「なんか企画にならないかなと思ったんだけど」

今年、三十路《みそじ》に入った私より、二つ歳下《としした》のK女史。普段、あまり化粧しない私とは対照的で、常にメイクをバッチリ決めている目鼻立ちの整った細面の美人で、仕事柄様々なことに詳しい。リサーチは敏速かつ正確で、信頼のおけるスタッフの一人である。難を言えば、上司後輩問わず忌憚《きたん》なくものを言うところぐらいか。

「随分キワモノネタですね。報道番組で、ブイ（VTR）として成立するんですか？」

「根も葉もない噂《うわさ》だけだったとしたら、厳しいんだけど。でも、もし、そんなツアーを運営するサイトとか、団体とかが本当に存在することがわかれば、可能性があると思う。さらに、そのツアーに潜入するとかして、実態が取材できれば、現代社会の病理を現す現象という切り口で、充分ネタとして成立すると思うんだけど。ダメモトで調べてくれないかしら」

K女史は、会議でゴーが出たネタのリサーチも数多く抱えている。会議にかける前の、しかもネタになる可能性の低い企画のリサーチをふるのは、忍びないのだが……。

「わかりました、調べてみます。仕事ですから、ダメモトで」

二日後、K女史から私に、詳細なリサーチ結果をまとめたメールが送られてきた。

それは主に、ネットに書き込まれていた、ツアー参加者の体験談などを中心にまとめたものだった。情報を列挙してみると……。

・ツアーを主催しているサイトがある。
・ツアーに参加するためには、そのサイトにアクセスして、ツアーに応募しなければならない。
・実際、応募者は多数いるらしい。

・応募しても抽選があり、必ずしも応募者全員がツアーに参加できるということではない。
・参加費用は五十万円ほど。
・ツアーはマイクロバスに乗って行われる。豪華弁当とお茶が出る。
・リピーターが数多くいるらしい。
・ツアーで見ることの出来る『人の死』とは、『事故』『自殺』『殺人』などさまざま。
・その日のツアーの内容は、現地に行ってみるまでわからない。
・場合によっては、『人の死』を見ることが出来ないこともある。
・ツアーの前に、見聞きしたことを、決して外部にもらしてはならないと、主催者側からの注意がある。
・ツアーに参加するための、主催者サイトのアドレスは、ネット上からは見つけることができなかった（ネット上のサイトのアドレスだと言うものは、すべてガセだった）。

リサーチ結果を見ると、そんなツアーが本当に存在するのか、疑わしくなってきた。

特にサイトのアドレスがネット上で見あたらないのは、限りなく怪しい。単なる噂や都市伝説だけでは、報道番組の企画になりづらい。やはり、このネタは無理じゃないかとあきらめかけていた時、K女史から携帯に連絡が入った。

『リサーチ結果見てくれました?』

「うん、ありがとう。今チェックした。やっぱり、ちょっと厳しいかも……」

『そうですか、今追加リサーチ送ったので、見ておいて下さい』

K女史の会話のテンポは速い。相手が話し終わらないうちに、次の言葉をかぶせてくる。

「追加リサーチって、何か進展あったの?」

『サイトのアドレスがわかったんです』

「えっ!? どうやって」

『ガセかと思っていたサイトの一つが、実際にツアーを運営しているサイトでした。URLに、アクセスキーを追加すればつながります。メールに、サイトの接続方法、記しておきましたんで、よろしく』

早口でそう言うと、K女史は、電話を切った。

早速、彼女からのメールを開き、サイトへのアクセスを試みる。メールに記されていたアドレスを入力すると、エラー画面が表示された。そこでK女史の指示通り、エラー画面のURLの末尾に、サイトのアクセスキーとなる文字と数字を追加して入力。利《き》き腕の左手でエンターキーを押すと、しばらくして、サイトが立ち上がった。

色味に乏しく、写真やイラストもない、今時のサイトにしては、味気ないものだった。サイト名は『明日を生きるための死』。続いて、『はじめに』という表題のあとに、以下の文章が記されていた。

〈現代社会は、不確実性に充《み》ち満ちています。政治は混乱し、永田町はまともな機能を果たしておらず、我々の社会生活にも大きく影響を及ぼしています。経済の分野では、世界的な大不況が未《いま》だ終わることなく、全く回復の兆《きざ》しが見えない状況が続き、異常気象などの地球環境の変動も、無視することはできません。事件、事故、災害。明日、自分の身に何が起こるか、全く予想がつかないのです。でも、そんな世の中でも、私たちは生きていかなければならない。〝生きる〟ことの重要性、大切さを、人類という種が皆、自覚することが、この現代文明を滅亡から救う、唯一《ゆいいつ》の方法と言っても過言ではないのです。このツアーに参加して、命の尊厳を存分に味わっていただきたい。そして、命が決して無限のものではないことを実感してもらいたいのです。今あなたが生きているという実感を……〉

反社会的なツアーの内容を、自己弁護するような文言が書き連ねてある。

〈このツアーは、〝命が終わる瞬間〟を見ることができます。言い方は悪いですが、ある意味、究極のエンターテインメントと言えます。ただし、ご留意いただきたい点が、いくつかあります。まず、このツアーの存在は、決して他言しないで下さい。もし違反が発覚した場合、何らかの報復措置を執らせていただきます。また残念ながら、ツアーの性格上、必ずしも、確実に〝人の死〟を見ることが出来るとは限りません。そのことについてご了承いただけるのであれば、以下の入力フォームにご記入下さい。厳正なる抽選の上、当選した方のみ、メールにてご案内させていただきます〉

サイトの末尾に、名前や住所、職業、携帯電話の番号、メールアドレスなどを書き込むことができる入力フォームの欄があった。しばらく悩んだ挙げ句、メールアドレス以外は、出鱈目《でたらめ》を書いて入力してみた。アドレスは、二つ持っているもののうち、個人用のものを記載した。メインで使用しているアドレスはテレビ局のドメイン名が含まれており、マスコミの人間とバレてしまうからだ。

八日後、返信が届いた。件名は記されていない。半信半疑ながら、メールを開いてみた。

〈おめでとうございます。あなたは、今回のツアーの抽選に当選しました〉

ツアーの実施日は、およそ一ヶ月後の七月十日。集合場所は、新宿駅西口Aビル前。ただし、返信メールが届いてから一週間以内に、指定口座に参加費三十二万円を振り込まなければならない。K女史の最初のリサーチによると、参加費は五十万円ほどだった。実際の参加費は、リサーチよりも安かった。

翌日、上司である、夜帯《よるたい》の報道番組のプロデューサーIに今回の話を持ちかけた。

「ふ〜ん、結構過激な企画だね」

報道部の小会議室。海岸沿いの駅に、モノレールが入ってくるのが見える。Iは銀縁のメガネの奥にある切れ長の細い目で、私が徹夜で書いた企画書の文字を追っている。彼は視聴率が下降してきた番組のテコ入れのため、昨年の秋、編成から異動してきた。まだ四十前だというのに、頭髪のほとんどは白くなっている。だが、その冷静沈着な仕事ぶりや、ダンディな外見から、とにかく良くモテるらしい。女子アナと噂になったことも、何度かあった。

「『人が死ぬ瞬間』って、具体的にはどういうことなんだろう。自殺とか、事故とか」

「はい。『自殺』の瞬間もあるし、ネットの情報によると、『人殺し』の瞬間を見た人もいるそうです」

「ふ〜ん」

Ｉは表情一つ変えず、淡々と企画書に目を通している。感情がほとんど見えない。つかみどころのない人物である。

「私も、本当にそのツアーで、『人が死ぬ瞬間』を見ることが出来るかどうかは、怪しいと思っています。でも、カメラを持って潜入して、ツアーの実態を詳しく取材できれば、結構見応《みごた》えのあるＶＴＲになるかと思うんですが」

企画書を読み終えたＩは、ペラペラと紙をめくりながら言う。

「そうね、撮《と》れ高次第《だかしだい》かな」

「わかりました」

〝撮れ高次第〟とは、ネタになるか微妙な企画の場合、まずは取材してみて、撮影することができた内容次第で、正式に放送するかしないかを検討する、という意味である。

「とりあえずツアーに参加してみてよ。実態がわからないと、何とも言えないから。それと、事故とかそういったことにはくれぐれも気をつけて、危険な目に遭いそうになったら、すぐに撤退していいから」

正式にゴーサインが出たわけではないが、ツアーの参加費は、番組の制作費から支払ってもらえることになった。経理からは、それ以外にも雑費として三万円が支払われた。

　Iの指示で、ツアーのことは、現段階では企画会議で報告しなくてもいい、ということになった。このネタで私が動いていることを知っているのは、報道部内でもIとK女史だけである。

　ツアーの一週間ほど前、K女史から連絡が入った。話しておきたいことがあるという。

「大した情報ではないんですけど」

　局の三階にある喫茶コーナー。午後五時を少し回ったところで、客は退《ひ》き始めている。席についてすぐ、店員が注文を取るのを待たずに、K女史は用件を話しはじめる。

「リサーチ仲間からの情報なんですけど、この企画、他局が動き始めているって」

「他局、どこ？」

「〝築地《つきじ》〟です」

　〝築地〟とは、業界内の隠語で、数年前に〝築地〟に移転した、G局のことを言う。取材でよくバッティングする、スクープを連発することで業界では有名な〝築地〟の男性ディレクターの顔が浮かんだ。ちなみに、私が所属するY局は、有明《ありあけ》にあるので、

〝有明〟と呼ばれている。

「他局が動いているということは、このネタ、かなり信憑性《しんぴょうせい》があるってことかな。結構、大ネタに化けるかも」

ウエイトレスが注文を取りに来る。私は抹茶ミルク、K女史はハーブティーを注文する。ウエイトレスが立ち去るや否《いな》や、K女史が身を乗り出した。声を潜めて言う。

「でもこのネタ、かなり、ヤバイかもしれないですよ」

「え、そうなの？……何か具体的に、そういった情報があるとか？」

「いえ、なんとなく……あくまでも、私の勘ですけど」

K女史が勘で意見を言うのは、初めて聞いた。私は笑いながら言葉を返す。

「大丈夫よ。私は彼氏もいないし、何かあっても悲しむ人はいないから」

Ten

十日になった。

ツアー当日、午後五時、JR新宿駅の西口改札を出る。新宿西口地下の広場は、夕方のラッシュが始まっており、人で溢《あふ》れかえっていた。七月に入ったが、梅雨はまだ明け切っておらず、今日の昼下がりもスコールのような土砂降りの雨が降った。夕方になっても、今にも降り出しそうなどんよりとした天気。かなり蒸し暑い。

どういう服を着て潜入取材に臨もうか悩んだが、普段通りラフな服装で行くことにした。ジーンズに白の半袖《はんそで》のブラウス、取材時に愛用しているグレイのキャスケットを目深《まぶか》にかぶり、国産ブランドのハンドバッグを左肩にかけ、集合場所のAビル前に向かった。

ハンドバッグの中には、財布とハンカチ、携帯電話にメモ帳と筆記用具、折り畳み傘、そして、ピンホールレンズというわずか径三ミリの特殊なレンズが装着された、小型のビデオカメラが入っている。側面には、レンズに合わせた小さな穴が開けられているのだが、バッグのデザインである黒薔薇《くろばら》の模様にまぎれて、よく目をこらして見ないとわからない。カメラの作動音もほとんど聞こえないので、バレることはないはずだ。ビデオカメラは、ハードディスクが内蔵されているタイプのもので、連続して十時間ほどは収録できる。しかしバッテリーは四時間が限度。ツアーの最中、カメラはずっと回しっぱなしにしておくつもりだから、どこかでバッテリーは交換しなければならない。

午後五時五分。西口Aビル前に到着。集合時間まで、まだ一時間ほどある。少し喉《のど》が渇いたので、自動販売機でペットボトルのミネラルウォーターを買い、喉を潤《うるお》す。

Aビルは、西口ロータリーのすぐ目の前にあり、観光ツアーの集合場所としてよく利用されているところだ。

午後五時二十五分、録画開始。およそ十分後、一台のマイクロバスが、Aビル前に停車する。バスのフロント上部の表示には『神奈川県立緑川中学第二十三期・同窓生ご一行様』とある。間違いない。主催者側からのメールで指示されたバスだ。ハンドバッグのレンズが出ている側面を、バスの方へ向ける。小綺麗《こぎれい》な中型のマイクロバス。ナンバープレートは、レンタカーであることを示す「わ」ナンバーである。運転席には、ワイシャツ姿の小太りのドライバー。助手席には、オレンジのポロシャツに白ズボン、ティアドロップ型のサングラスをかけた、四、五十代のやせぎすの男が腰掛け、運転手と何やら話している。他のツアー客はまだ姿を現していない。シャッターが降りている銀行の角に移動し、しばらくバスの様子を撮影することにする。

午後五時四十二分。一人目のツアー客と思《おぼ》しき男性が到着。六十歳ぐらいだろうか、白髪頭に茶のハンチング帽、暑いのにご丁寧にジャケットを羽織っている。バスの表示を確認すると、前方の乗降口のドアをノックする。自動でドアが開いた。出迎えたサングラスの男と短く会話し、バスに乗り込んでゆく。

午後五時五十二分。今度は、二十代かと思われる若い男性がやってきた。色白でひょろっとした、いわゆる草食系男子を絵に描いたような青年である。サングラス男が出迎え、中に入っていった。

バスが到着してから、二十分ほどが経過した、午後五時五十五分。そろそろ私も行かねばならない。わずかに残ったミネラルウォーターを飲み干し、ペットボトルを専用のダストボックスに捨てた。ハンドバッグに仕込んだカメラのレンズの方向や、アングルを気にしながら、慎重にバスの方へと歩を進める。かすかに緊張してくる。女性一人でこのようなツアーに参加してくることに対し、相手はどのように思うだろうか？　平静を装《よそお》ってバスのドアをノックする。ドアが開いた。

「すみません。ツアーに応募した者ですけど」

「どうも、お待ちしておりました。お名前、頂戴《ちょうだい》出来ますか？」

入口付近に置かれたクーラーボックスをまさぐっていたサングラスの男が、愛想良く出迎える。入力フォームに記した偽名を伝える。男は、脇《わき》に置いてあったバインダーの乗客リストらしきものを手に取り、確認する。

「佐藤芳子《さとうよしこ》さんですね。今回は、私どものツアーに参加いただいて、ありがとうございます。どうぞ、お好きな席におかけになって下さい」

ステップを上り、車内へと入る。先に来ていた二人の男性が、こっちを気にしている。さりげなくバッグを客席の方に向けながら、前から二列目右側の、二人掛けの席に腰を下ろす。後ろの方に座ってしまうと、前方にいるであろう主催者側の人間の声を、カメラマイクで拾いきれないと思ったからだ。さらに、後ろからでは、他の客の様子も背中しか映すことができない。前方の席の方が、何かと都合がいいのである。

私より前にバスに乗り込んでいた初老の男性は、後ろから二列目、右側の座席につき、草食系男子は後ろから三列目、左側の席に座っている。初老の男性は、ハンチング帽を脱いでいるが、私はあまり目立ちたくないため（と言っても、女性一人で参加しているので充分目立ってはいるが）、ツアーの間はこのままキャスケットをかぶっているつもりだ。

出発時間の午後六時になった。だが私の後に、ツアー客は来ていない。主催者側のサングラスの男が立ち上がり、申し訳なさそうに言う。

「出発の時間なのですが、お客様がまだ揃《そろ》われていないので、もう少しお待ちいただけませんでしょうか」

聞き取りやすい、良く通る声。乗客たちは無言のまま、不平不満を述べる者はいない。

午後六時七分。自動ドアが開いた。中年のカップルが飛び込んでくる。

「ごめんね、遅くなっちゃって」

緊張感をかき消すような甲高い声で、四十代くらいの女性が乗ってきた。連れの男は女性の一回り上ぐらいか、浅黒い肌、額の生え際《はえぎわ》が大きく後退し、口髭《ひげ》を蓄えている。女性は厚化粧で、彼女が入ってきた途端、車内に香水の匂《にお》いが充満した。二人はそれぞれ、サングラスの男に名乗って、前から三列目、左側の席についた。

サングラス男は、バインダーの名簿に目を落として、言う。

「えーお待たせしました。これで皆さん、お揃いになりましたので、出発させていただきます」

午後六時十分。行き先がどこかも告げられないまま、マイクロバスは出発した。ツアーの参加者は、合計五人。思ったよりも少ない。バスが走り出して数分後、甲州街道の渋滞で停車すると、助手席のサングラス男が立ち上がった。クーラーボックスを開けて、良く通る声でツアー客に告げる。

「皆様、何かお飲みになりませんか？　よろしければ、ビールもありますので。ワインもございますよ」

「あ、私ワイン、白あるかしら」

　中年女性はワインを注文、他の参加者は私を含めみな、ビールを頼んだ。私自身、仕事中ではあったが、飲まないと何か不自然だし、飲めない方ではない。飲み物が行き渡ると、サングラスの男が立ち上がり、ツアー客に説明を始めた。

「え〜皆さん、本日は私ども主催のツアーに参加していただいて、本当にありがとうございます。皆様は、本日、かつてない刺激を体験することとなるでしょう。ツアーに参加して人生観が変わった、とおっしゃるお客様もいらっしゃいます。どうか皆様にとって、今日のこの日が、忘れることのできない日になるようにと、そう願っております。また、これから見聞きすることは、他言無用でお願いいたします。それから、こういう種類のツアーですので、皆様のご期待に添えない場合がございます。その際は、お振り込みいただいた額の三分の二を、皆様の口座にお戻しさせていただきます。目的地には、二時間程で到着する予定です。それまで、ごゆるりとおくつろぎ下さい」

　高い声で、よどみなく話すサングラスの男。ツアーのたびに、何度も同じ説明をしているのだろう。だがそれは、ツアーが頻繁に行われているということを意味している。そう思うと、少し怖い。

バスは、初台《はつだい》から首都高速四号新宿線に乗り、名古屋方面に進路をとった。ツアー客の様子を撮影するべく、ハンドバッグのレンズ側の面を背後に向ける。ワインに酔った中年女性が、男性に向かって職場の愚痴を言い続けている。どうやら、水商売関係に勤めているようだ。初老の男性は、配られた缶ビールを手に、正面を向いたままである。草食系男子は両耳に黒いイヤホンを装着し、ゲームなのかメールなのか、携帯電話の操作を繰り返している。

バスは高井戸を越え、中央自動車道を走り続けた。調布インターを越えたところで、ハンドバッグを窓外の高速道路に向ける。辺りは暮れ始め、対向車線にはヘッドライトをつけて走る車がちらほら見える。

午後六時五十分、トイレ休憩のため、サービスエリアで一旦《いったん》停車。ツアー客は、全員がバスを降りて、サービスエリアのトイレに入る。私は女子トイレの個室の中で、ハンドバッグからカメラを取り出しバッテリーを交換した。

午後七時二十分。マイクロバスは山梨の長坂インターを降り、国道から山道に入った。辺りはすっかり暗くなっており、対向車も少ない。あまり頻繁に振り向くわけにもいかないので、後ろの客の様子はわからないが、しばらく前から、会話が全く聞こえてこなかった。喋《しゃべ》り続けていた中年女性は眠ってしまったようだ。

三十分ほど、マイクロバスは暗い峠道をひた走る。対向車も、ほとんどなくなってきた。携帯電話の地図情報ソフトを起動してあり、今自分がどこにいるかは、GPSで常に確認している。二時間で到着すると言っていたから、そろそろかもしれない。

数分後、バスは峠道の路肩に停車する。かなり山深い場所に来たようだ。私の席の窓からは、車の往来が全くと言っていいほど無い寂しげな対向車線の道路と、生い茂った森がかろうじて見えるだけだ。本当にこんなところで、〝人の死〟が見られるのだろうか？

バスが停車してすぐ、助手席のサングラスの男がのそっと立ち上がり、

「え～到着しましたが、まだ、少し時間があります。お弁当を用意しておりますので、どうぞ、召し上がって下さい」

そう言うと、男は助手席の後ろのスペースに置いてある薄茶色のプラスチックのケースから、漆塗りの立派な容器に入った二段重ねの弁当を取り出し始めた。私は立ち上がり、男から弁当を受け取る。

「すいません。重いですよ」

男は、軽く私に頭を下げる。

人数分の弁当と、ペットボトルのお茶がツアー客に行き渡る。「美味亭」と印刷さ

れていた割《わ》り箸袋《ばしぶくろ》をそっと、ハンドバッグの中に忍ばせる。弁当の内容は、牛フィレ肉のステーキ、子持ちの甘海老《あまえび》と大根の炊合《たきあわ》せ、鮑《あわび》の炊き込みご飯と、結構豪華である。味付けも悪くない。しかし、三十二万円もの参加費を払ったことを考えると、まだ元はとれていない。自分の出費ではないのだけど。

午後八時をまわった。食事が終わると、サングラスの男の指示で車内灯が消され、雑誌や本も読むことが出来なくなった。車内は沈黙が支配している。暗闇《くらやみ》の中、じっと〝何か〟が起こることを、待っているツアー客たち。

午後九時になった。一時間も、暗闇の中で沈黙が続いている。「今日は、何も起こりませんでした。帰りましょう。料金の三分の二は、返金させていただきますので」サングラスの男がいつ、そう言い出すか。その言葉を収録するべく、私はハンドバッグを助手席の方に向けて待っていた。これが現実なのだ。『人が死ぬ瞬間を見ることが出来るツアー』、そんなものが存在するはずもない。このような、詐欺《さぎ》行為すれすれの悪徳ツアーの情報に尾鰭《おひれ》がついて、ネットで広まっていったのだろう。ネットに蔓延《まんえん》する都市伝説の実態がわかっただけでも、収穫と言えよう。二十分前後のＶＴＲぐらいにはなるかもしれない……そのようなことを考えていた時だった。

「来ました」

声を潜めてサングラスの男が言った。

「左です。左の窓から見て下さい」

慌《あわ》ててハンドバッグを抱えて、左側に座っていた中年カップルの前、左側二列目の空席に移動する。少し遅れて、私と同じく右側に座っていた初老の男性も、左側の席に動いたようだ。最初から左側にいた中年カップルと草食系男子は、そのまま自分の席から身を乗り出すように窓外を眺めている。サングラスの男は、興奮を押し殺して言う。

「皆さん、今から本番です。決して、声を出さないで下さいね。もちろん外に出るのは、厳禁です。それと、どんなことがあっても、窓は開けないで下さい。車内灯も、点《つ》けないで下さいね。それから、絶対に写真撮影もしないで下さい」

返事する者はいない。ツアー客たちは、食い入るように、窓の外を見ている。私も、ずれかけたキャスケットを直しながら、窓の向こう側に目を凝らした。

視界の先は、切り立った崖《がけ》になっている。崖の下は暗くてよく見えないが、目が慣れてくると、二、三十メートル下に切り開かれた場所があることがわかる。何かの建設予定地なのだろうか？　しかし、トラックや重機の類はない。地面には、辺り一面に雑草が生い茂っていた。なにかの開発計画の途中で、中止となったか、頓挫《とんざ》している空き地なのだろう。ハンドバッグをそこに向けてみるが、この暗さでは映るかどうか……ちょっと厳しいかもしれない。

しばらくすると、遠くにポツンと灯りが見えた。こちらに徐々に近づいてくる。近づくにつれ、それは一台の軽トラックであることがわかる。軽トラックは、その空き地の中で停車した。ヘッドライトに照らされ、辺りが少し明るくなった。これなら、カメラにも映るかもしれない。

軽トラのドアが開き、懐中電灯を持った一人の男性が降りてきた。作業帽をかぶった大柄な男。農夫のようであるが、この距離と明るさでは、表情までは判別できない。農夫は、後ろの荷台の方に回り込むと、懐中電灯を地面の上に置いた。荷台後部の金具を外して、テールゲートを降ろす。荷台に上り、覆《おお》っていた濃紺のシートをはぎ取る。農夫の背丈ほどはあるカーキ色の毛布の固まりが見えた。農夫は、荷台の毛布の固まりを両腕で抱え込み、動かそうとする。よほど重いのか、中々動かないようだ。今度は力を込めて、毛布の固まりを地面へと落とした。固まりは、傾斜になっている地面を転がって、軽トラから二、三メートルほど離れた土の上で止まった。

農夫は懐中電灯を拾い、慌てて毛布の方に駆け寄る。泥にまみれた毛布を乱暴に開き、懐中電灯を向けた。毛布の中に入っていたものが照らし出される。それは……人間の、しかも男性の姿をしている。人形？　マネキン？　いや違う。人形やマネキンならば、農夫が抱えた時、あんなに重そうにしないはずだ。ならば……。

よく目をこらして見てみると、顔面には、何かどす黒いものがこびりついていた。血のようだ。暗いため、顔や服装はよくわからないが、やはり、毛布の中身は人間なのだろう。

「さあ皆さん。ショウが始まりますよ。この瞬間を決して見逃さないように」

高揚する声を押し殺して、サングラスの男が言う。外に向けたハンドバッグを持つ手に、思わず力が入った。中年女は、相方の男性の手をずっと握っている。初老の男性も、草食系男子も、固唾を呑んで、窓外の様子をじっと見ている。

農夫が、毛布にくるまった男の背中を、片足で蹴《け》り付けた。さらに何度か蹴り続け、動かないことを確認すると、トラックの方へと戻って行く。しばらくして、倒れていた男が動き出し、ふらふらと立ち上がった。生きていた。やはり人間だった。農夫は、男が立ち上がったことに気がついていないようだ。

血まみれの男は、軽トラとは逆方向に逃げて行こうとする。だが、満足に歩けないのか、その足取りは重い。農夫が気づいた。すかさず、車内から金属バットを取り出し、逃げて行く男めがけて走ってゆく。背後から男の頭上に、容赦なく金属バットを叩《たた》き付けた。その場に崩れ落ちる男。幾度となく、振り下ろされる金属バット。

窓が閉め切られたバスの中にも、かすかに、男の絶叫が聞こえてくる。とても正視していられない。

農夫は襲撃の手を止めた。男は立ち上がることすらできず、頭を抱えたままだ。農夫は、杖《つえ》のようにして金属バットに重心を預け、土の上でうめいている男をのぞき込んでいる。数秒後、農夫の首が上下に動き始めた。どうやら、二人は何か話しているようだ。もちろん、その会話の内容はバスの中には聞こえてこない。話が終わったのか、農夫は、ゆっくりとトラックの方に向かって戻ってゆく。男は、倒れたまま動くことができず、逃げ出そうとする気配はない。

農夫は軽トラの荷台から、オレンジ色の金属容器を取り出した。ガソリンを持ち運びするときに使う携行缶《けいこうかん》である。重たそうな金属容器を抱え、ゆっくりと男の方へと戻って行く。男の前にたどりつくと、農夫は一旦、金属容器を地面に置いた。キャップを開け、中の液体を乱暴に振りかけ始める。地面に倒れた男の身体に降り注ぐ液体。男は激しく苦悶《くもん》する。中の液体を全《すべ》てかけ終わると、農夫は後ずさり、液体にまみれた男と距離をとった。ポケットからライターを取り出し、点火する。そして何の躊躇《ちゅうちょ》もなく、火のついたライターを男に放った。鈍い爆発音とともに、血まみれの男が炎に包まれる。今まで薄暗かった辺り一面は、途端に炎に照らされた。火だるまになった男は、反射的に立ち上がった。

バスの中にも、この世の物とは思えない悲鳴が聞こえてくる。その声を聞いた途端、今まで生きてきた人生の中で感じたことのない恐怖が、私の全身を支配する。目の前で、人が燃やされた。生きている人が燃やされた。火だるまとなった男は、手足を動かして、必死で炎を消そうとしている。しかし、炎の勢いは止まりそうもない。目を背けたい。だが私の目は、眼前の光景に張り付いたまま離れようとしない。

やがて、炎に包まれた男は、仁王立ちのまま、動かなくなった。人の形をした炎に変化し始めた男の肉体。男の皮膚は、赤黒く変色し始めている。身にまとった炎だけが風にあおられ、勢いを増してきている。男は死んだのだろうか？　だが……。

私はその時、ある事実に気がついた。見ているのである。炎に包まれた男は、確実に、バスの方を……いや、私をじっと見ているのである。私も、男から視線をそらすことは出来ない。視線をそらすと、途端に激しい罪悪感に苛《さいな》まれ、自分がおかしくなりそうに思えたから。

それから……。

男は、いや、人の形をした炎の固まりは、足下の草むらに崩れ落ちた。火の粉が舞い上がる。周りの草に炎が引火し、あたりには白い煙がのぼり始めた。私は、握りしめたハンドバッグの感触を確かめる。バッグの中のカメラは、今私が目の当たりにした恐ろしい光景を、とらえることが出来ていただろうか？　大丈夫だ。これだけの炎の明るさがあれば、充分に撮影できているはず。そうだ……これはスクープだ。最高のスクープ映像だ。そう思うと、今まで私を支配していた恐怖感が少し和らいだ。ちらと、周囲のツアー客たちに目をやる。

草食系男子は、目を爛々《らんらん》と輝かせて、窓の外を見ている。出会ってからまだ四時間ほどしか経《た》っていないが、彼の人生において、これほどまでに生き生きとした表情を浮かべたことは、なかったのではないかと思う。

初老の男性も、細い目をかっと見開いて、崖下の炎を見つめていた。怒りとも、喜びとも、悲しみとも違う独特の表情である。

中年カップルの女性は、窓に背を向けて、相方の男性のゴルフ焼けした首筋にしがみついている。だが単に怯《おび》えている、というわけではないようだ。よく見ると、口紅がはみ出すほど、男性の唇に貪《むさぼ》りついていた。二人は、たった今見た光景の凄《すさ》まじさに恐怖し、その畏《おそ》れを悦楽に転じていたのだ。

さっきまで前に出てきていたサングラスの男は、いつの間にか助手席に座っていた。

その表情は、私の位置からはよく見えなかったが、顔はやはり、じっと窓の方を見ている。

再び、窓外に目を向ける。炎は徐々に弱まっていた。火勢が衰えるにつれ、辺りには闇が戻り始めている。知らないうちに、軽トラと農夫の姿は消えていた。炎が弱まったことを知り、内心ほっとする。暗くなってしまえば、焼けただれ、赤黒い物体に変化した男の姿を見なくてすむ。

突然、サングラスの男が立ち上がり、こう言った。

「えー皆様、ご満足いただけましたでしょうか。そろそろ終了でございます。よろしければ、バスは、新宿に戻ります」

午後十一時過ぎ、マイクロバスは、新宿駅西口のAビル前に戻ってきた。

帰りの車中は、重い沈黙に包まれており、私自身もある種の放心状態に陥っていた。バスが停車し、サングラス男がツアーの終了を告げる。バスのドアが開き、草食系男子がものすごい勢いで飛び出していった。続いてカップルの中年男性が、ふらふらとした足取りの女性の肩を抱いて、バスを降りていった。その後を初老の男性、最後に私が続いた。

バスを降りると、あたりには草食系男子の姿はもうなかった。ハンチング帽をかぶった初老の男性は、駅に通じている地下に降りる階段の方へ、とぼとぼと歩いている。中年カップルは、車道に出て、タクシーを拾おうとしていた。私も、車道でタクシーを停める振りをして、バスの向きとは反対方向に歩き出した。念のため、もう一度、マイクロバス後部のナンバープレートを撮影しておこうと思ったからだ。バスの後ろに回り、ハンドバッグのレンズが出ている部分を、ナンバープレートに向ける。その直後、バスはウインカーを出して、走り去って行った。

タクシーを拾い、自宅マンションのある芝浦に向かう。しかし、少し走り出した後、タクシーの運転手に行先を、恵比寿《えびす》駅前に変更するよう告げた。つけられている可能性がある。注意するに越したことはない。

背後を気にして、尾行してくる様子がないことを確認する。ハンドバッグを開けて、カメラの録画を停止。カメラのモードを〝カメラ〟から〝プレビュー〟に切り替え、撮影した映像をチェックすることにした。数秒すると、カメラの液晶モニターに、撮影された映像が自動的にクリップとなって表示された。クリップは三つあり、それぞれ録画が始まった時刻が表示されている。

最初は、午後五時二十五分、マイクロバスが新宿駅西口のAビル前に到着する少し前から録画を開始した、一時間三十分くらいのクリップ。

二つ目は、午後七時前、サービスエリアでバッテリーを入れ替えてから録画が始まっている四時間近い長いクリップで、問題の場面はここに含まれている。

三つ目は、帰りのトイレ休憩でバッテリーを入れ替えた時が開始時間となっている、一時間弱の短いクリップ。どうやら、録画は止まることなく、撮影されていたようだ。

あとはどう映っているかの問題。最初のクリップを開いてみる。

新宿駅西口Aビル前の雑踏が映し出される。歩きながら撮影したため、カメラの揺れはひどいが、映像は問題なく収録されているようだ。細かいプレビューは、後回し。

二つ目のクリップを選択。カメラを早送りして、画面上部のタイムコードが午後九時を過ぎたあたりで早送りを解除し、通常の速度で再生する。

窓外に向けられたカメラ。アングルは無事、画面の中心にあの空き地をとらえている。やはり画面は暗い。何となく空き地であることはわかるが、状況はよくわからない。編集機で調整して、輝度を上げても、厳しいだろう。軽トラックがやってきてからは、ヘッドライトの灯りで明るさが増し、あたりの様子がわかるようになった。ただし、軽トラを運転してきた農夫の顔までは、判別し難い。農夫が、荷台から毛布の固まりを地面へと落とす。毛布の固まりは、一度フレームから外れるが、すぐにアングルが修正され、かろうじて画面の左下端に映っていた。映像を早送りする。農夫が、血まみれの男を金属バットで殴っている。その場にうずくまり、もだえ苦しむ男。農夫は、軽トラから金属容器を取り出し、中の液体を男にかけ始めた。つい先ほど、この目で見た光景。脳裏にその時の感覚が甦《よみがえ》ってきて、吐きそうになる。農夫がガソリンまみれでうめいている男に火を放った瞬間、カメラの露出補正が追いつかないのか、画面は白く飛ぶ。しかし、すぐに露出は自動補正された。身にまとった炎を消し止めようと、必死にもがく男。燃えさかる炎。少しピントはボケているが、カメラはその時の様子を確実にとらえていた。

恵比寿駅前でタクシーを降りる。しばらく駅の周りをぐるっと歩いて、山手線に乗った。田町駅で降車し、賑《にぎ》やかな第一京浜側とは逆の湾岸方向の道へ出る。自宅マンションまで十分ほどの距離。時刻は深夜十二時を回っており、辺りは暗く人気《ひとけ》はあまりない。背後から不審な者が尾行してくる気配はない、と思う。

歩きながら私は再び、今日の出来事を頭の中で反芻《はんすう》する。夢じゃなかった。現実に、炎に包まれ燃え上がる男の様子を、私は撮影してしまった。殺人事件を目撃したのだ。良識ある市民ならば、警察に通報するのが筋であろう。だが今、私自身はそれを躊躇している。

理由は二つ。まず、この時点で通報すると、せっかく撮影した映像は、証拠物件として提出しなければならない。場合によっては、放送出来ない可能性がある。そうなったら、これまでの苦労は水の泡だ。

もう一つの理由は、今日の出来事が、全てフェイクかもしれないということ。あのマイクロバスの位置は、殺害場所となった空き地を見下ろすのに、絶好のポイントだった。サイトの主催者は、なぜ焼殺事件が、あの崖下の空き地で起こることを予期出来たのだろうか？　しかもバスが到着して、一時間ほどで事が起こり、我々はその一部始終を目撃することが出来た。これも偶然にしては、都合が良すぎる。つまり今日の出来事は、全て我々を楽しませるための、やらせのショウだったのではないか？　あの加害者と被害者の男は、二人とも役者で、我々の目の前で、殺人シーンを〝演技〟していたのではないか。ドラマや映画では、耐火性の特殊な薬を皮膚に塗って、全身火だるまになるスタントがある。そのような手法を使って、「焼殺」を演じていた可能性も考えられる。いずれにせよ、すぐに警察に連絡するのは、得策ではない。本当に、人が生きたまま焼き殺されたのかどうか？　それを確かめてからでも、遅くはない。ただし……。

いまわの際の男の眼差《まなざ》し。それが、今でも私の脳裏にこびりついている。あれが演技だとは、到底思えない。それに、じりじりと赤黒く焼けこげて行く男の皮膚。もしフェイクならば、一体どんな手法を使ったのか、想像が出来ない。やはり……。

私はすぐに、脳裏に浮かんだ考えを否定する。フェイクなのだ、演技であって欲しい。私は、ハンドバッグから鍵《かぎ》を取り出し、マンションのオートロックを解除しながら、切にそう願った。

K2

私の願いは、無惨《むざん》にも砕け散った。

午前九時過ぎに報道部に入った、警察庁記者クラブからの入電によると、今朝早く山梨県の山中で、男性の焼死体が発見されたというのだ。事件の概要は次の通り。

〈十一日、早朝。山梨県、××山中に、焼死体があるとの通報が入った。通報者は、山林の伐採作業を行うため、付近を通りかかった地元の男性。遺体はほぼ炭化していたが、現場から見つかった所持品などから、神奈川県大和市鶴間《つるま》在住の、会社経営者、加地六郎《かじろくろう》さん（五十三歳）と見られる。捜査本部が置かれた山梨県警では、加地さんが何らかのトラブルに巻き込まれた可能性が高いと見て、捜査を始めた〉

やはり私が目撃したのは、紛れもなく、本当の殺人の瞬間だった。炎に包まれて崩れ落ちる時、いまわの際に私を見つめたあの目は、演技ではなかったのだ。ざわざわとした悪寒《おかん》が甦ってくる。同時に、とんでもないスクープ映像を手にしたことを悟る。もはや、私一人で抱えていられる問題ではない。すぐに、上司Ｉの携帯を鳴らした。時刻は午前九時三十分を過ぎたところ。Ｉは夜の報道番組を担当しているので、通常ならば十一時にならないと出社して来ない。だが電話で概略を伝えると、すぐに局に向かうという。

三十分ほどして、Ｉが到着。二人で、報道部の会議室に入る。

入室してすぐ、昨夜、私が体験した出来事を大まかに説明する。報告の遅れを追及されるかもしれないと思ったが、Ｉは無言で、私の話に耳を傾けている。一通り話し終えると、Ｉが口を開いた。

「わかった。ではまずはその問題の映像、見せてくれないか」

私は、持ってきたノートパソコンを開いた。あらかじめコピーしてあった、昨夜の映像を立ち上げる。Ｉは、じっと画面を見ている。男性が身体《からだ》に火をつけられ、殺害される場面にさしかかる。

「凄《すご》いね」

一言、Iが呟《つぶや》いた。燃え続けている男の姿を見ながら、何か考え込んでいる。

「やはり警察に、通報した方がいいでしょうか」

Iの視線はパソコン画面に向けられ、黙ったままだ。答えを待ちきれず、私の口から言葉が出る。

「ツアーに参加した者は、絶好の場所、タイミングでこの焼殺事件の瞬間を目撃することが出来ました。ツアーの主催者側はあらかじめ、加地六郎という人物が何者かによって、火をつけられ、殺害されることを知っていた。しかも犯行現場や、時刻までわかっていたんです。これは、どういうことなんでしょうか？　昨日の段階では、手の込んだフェイクなのではとも思っていたんですが、そうじゃなかった。実際に焼殺事件は起こっていた。そこで私の推論は……」

Iはこちらの方に一瞥《いちべつ》もくれず、モニターを凝視している。話を聞いているのかどうかもわからない。しかし、私は構わず言う。

「この殺人は、ツアーの主催者側の人間によって行われたものである、ということです」

少し間があってから、Iが口を開いた。

「なるほど」

モニターから視線を外し、銀縁のメガネの奥にある切れ長の目を向ける。

「実は、さっき警察庁《サッチョウ》のウラを取った」

「はい？」

「大体の目星はついているそうだ」

「え？」

「今日、明日中にも逮捕状が出るらしい」

「犯人は、誰なんです」

Iは持っていた手帳をめくり、メモを読み上げる。

「木下守《きのしたまもる》、四十八歳。木下は、十年ほど前に被害者の加地六郎の姪《めい》と結婚。事業資金という名目で、加地から多額の金を借りていたそうだ。だが一昨年、事業に失敗し負債を背負った。夫婦仲も悪くなり始め離婚。以来、加地の取り立ても厳しくなった。加地の会社も、真っ当な堅気というわけでもないらしく、木下に対し、取り立て屋まがいの人間を差し向けて、追い込んでいたらしい」

「じゃあ、木下は、借金の返済から逃れるために、加地を殺したと」

「松戸市の木下のアパートから、加地を襲撃したと思しき血痕《けっこん》が付着した金属バットが押収《おうしゅう》されたよ。本人は、今のところ犯行を否認しているが、警察は木下を立件する方針だ」

思いもよらない情報だった。容疑者は既に特定されていたのだ。

「では殺人見学ツアーの運営者らは、木下が加地を殺害するという情報を知っていたということでしょうか」

Iは答えず、またパソコン画面に視線を移した。

「あるいは、ツアーの運営側が木下守を唆《そその》して、加地六郎を殺害するように仕向けた、とも考えられます」

Iはじっと、パソコンを見ている。画面上には、雑草の上に伏した被害者が、舞い上がる火の粉とともに、メラメラと燃え上がっている様子が映し出されている。

「私の意見を言わせてもらうと」

画面に目をやりながら、Iの口が静かに動いた。

「それは、どっちでもいい」

静かにそう言い放つと、一呼吸置いて語りはじめた。

「犯人捜しが、我々の仕事ではない」

「はい」

「それよりも重要なのは、このVTRをどうセンセーショナルに放送するかだ。もちろん、今の放送コードでは、この焼殺事件の模様を全て放送することはできない。画像処理など、ある程度の措置は必要だろう。しかしそれでも、君が取材した映像は充分に衝撃的で価値のあるものだと思う。だから、今我々が考えなければならないことは、この映像を最も効果的な形で、どう視聴者に届けるか、ということだ」

Iの口調は、あくまでも静かである。でもその語気には、研ぎ澄まされた刃物のような鋭さが秘められている。

「現実問題として、事件の容疑者はもう特定されている。マスコミ的には、今日明日中で、事件は収束するだろう。だからこの映像を、今このタイミングで放送するのは、あまり旨味《うまみ》がない。それともう一つ、すぐには放送できない理由がある」

そしてIは、私の方をじっと見て、こう言った。

「それは、君の取材がまだ中途半端《はんぱ》だからだ」

こちらに視線を向けたまま、彼は言葉を続ける。

「ツアーの主催者側に関して、まだわかっていないことが多すぎる。どういう人間が運営しているのか？　なぜ、このようなことを行っているのか？　裏社会とのつながりなどの背後関係も知りたい。今我々が持っている映像以外の情報は、インターネット上にあふれている流言飛語の類《たぐい》しかない。それでは弱すぎる。殺人見学ツアーの実態を暴《あば》いて欲しいんだ。君が撮影したこの映像は、大変なスクープ映像だと思う。この映像を最も効果的かつ、センセーショナルに視聴者に届けるためにも、もっと背景の情報が欲しい。この映像を軸に、殺人見学ツアーの実態や裏側などを取材したドキュメントを、VTRの中にちりばめて構成することができれば、とてつもなく衝撃的な内容になるだろう。警察にこの映像を提出するのは、それが終わってからでも遅くない」

Iとの打ち合わせが終わったのが、十一時ごろ。そのあと、十一時三十分からのニュース番組で、事件の第一報が報じられた。三十秒ほどの短いニュース。Iが言うとおり、殺人事件ではあるが、事件としては確かに「弱い」。この事件を「強い」大ネタに化けさせるのが、テレビマンとしての使命なのだろう。早速、背景情報を強化するための周辺取材を始めることにする。

翌朝、木下守が逮捕されたという速報が入ってきた。木下のアパートにあった金属バットに付着した血痕と、加地六郎のDNAが一致。殺害現場付近で発見された軽トラックからも、木下の指紋が出たという。警察は、木下の容疑を固める方向で、捜査を進めているとのこと。

洋服カバーに入った喪服用のジャケットとワンピースを手に、神奈川県大和市に向かった。加地六郎の通夜《つや》を取材するためである。正午過ぎ、小田急江ノ島線の鶴間駅に到着。通夜までまだ時間があるため、加地の自宅を見ておくことにする。路線バスに十五分ほど乗って、新興住宅地で降車。携帯の地図サイトを頼りに、二、三分歩くと、立派な洋風造りの三階建ての邸宅が現れた。大理石の表札には、「加地」と刻まれている。玄関に貼《は》られた、忌中の札。人の気配はなく、家族は皆、出払っているようだ。

加地は、大和市に多くの土地を持つ資産家である。土地の権利を担保に銀行から融資を受け、市外にも数多くの不動産を保有している。裏社会とつながっていたという噂《うわさ》もある。

加地の人となりを知るため、近隣の住民に話を聞いてみるが、実のある話はほとんど出て来なかった。ただ一つ、付近の精肉店の店主からは、気になる情報を得ることができた。羽振りがいいように見えて、実は最近、加地の会社はあまりうまくいっていなかったのだという。投資したマンションの経営に次々と失敗し、加地自身も多額の負債を抱えているらしい。木下に対する激しい取り立ても、尻《しり》に火がついていたため、ということなのだろうか？

再び路線バスに乗り、鶴間駅の女子トイレの個室で喪服に着替えた。近くの葬祭場で行われている、加地の通夜に出席する。受付で局の名刺を差し出し、お悔やみを述べる。

加地には、妻と大学生と高校生の二人の息子がいるが、ここ数年は、ほとんど自宅で暮らしてはいなかったようだ。加地は青山の会社名義のマンションで生活しており、別居同然の状態だった。一家の主《あるじ》が亡《な》くなったのに、家族はどこか醒《さ》めた顔をしている。背が高くスポーツマンタイプの加地。女遊びも派手だったらしい。

葬祭場に入り、遺影の前で手を合わせる。〝焼け焦《こ》げている〟からだろうか、棺の拝顔のための小窓は閉じられていた。この中に、炎を身にまとい絶叫していたあの時の被害者が眠っていると思うと、いたたまれない気分になる。命を失う寸前に、私をじっと見据えたあの目が、脳裏に甦ってくる。そのあと、何人か参列者から話を聞くが、これといって有力な情報を得ることは出来なかった。

翌日は、逮捕された木下守の周辺を取材するため、常磐《じょうばん》線に乗り松戸駅で降りた。駅から、工場街を二十分ほど歩く。川沿いに優に築四十年以上は経っていそうな、木造アパートが見えてきた。入口に掲げられた看板の文字。かすれてほとんど判読できないが、木下のアパートで間違いないようだ。

外階段を上り、木下の部屋へと向かう。表札は出ていない。ドアをノックする。木下は警察に留置されているので、いないことはわかっている。もし恋人や内縁の妻がいれば、何か話が聞けるかもしれないと思ったからだ。予想通り返事はない。日中だったため、アパートの他の部屋にもあまり人はおらず、有力な情報は得られなかった。夕方以降に、また来ることにする。

警察の情報によると、木下はもともと、腕のいいイタリア料理のシェフだった。加地の姪は、木下が勤務していた都内のイタリアンレストランに客として来店、そこで彼と知り合い交際に発展、結婚に至った。加地からの借金も、独立して自分の店を持つためだった。しかし、シェフとしての才能はあっても、経営者の能力はなかったようだ。開業したイタリアンレストランに客はつかず、一年ももたずに閉店し、木下には借金だけが残された。その額は五千万円以上だという。

木下とあのツアーの主催者には、何かつながりがあるはずである。ツアー側の人間が、膨大な額の借金を背負った木下を唆し、加地を殺させ、その様子をショウとして我々に見せたのではないか？　ツアー側の人間と木下の間に、何らかの接点を見出《みいだ》すことが出来れば……私はそう考え、亀有《かめあり》駅前へと足を向けた。木下が入り浸っていたというフリー雀荘《ジャンそう》におもむき、ギャンブル仲間から話を聞く。

四日後、局でK女史とミーティング。報道部の一角にある、打ち合わせコーナーに入る。

あのツアーの後、K女史にも事件の顚末《てんまつ》を告げ、更なるリサーチを依頼していた。依頼内容は、ツアーの主催者に関する具体的な情報、彼らの正体に結びつく手がかりである。

着席早々、K女史は、浮かない顔でこう告げる。

「やっぱり、難しいですね。今のところ、以前リサーチしたもの以上の情報は、浮かび上がって来ていません」

「そうか」

「まあ、ツアーの性質上、主催者側がそう簡単に足がつく情報を残しているとは考えにくいですね。やはり今ある中で一番の手がかりは、実際にツアーに参加した時の映像じゃないでしょうか？　ツアーの時使用したマイクロバスからは、何かわかったんですか？」

「うん、ナンバープレートを陸運局に照会したんだけど、車台番号がわからないと教えられないって」

「そうですか……」

「それから、ツアーの時、配られた弁当の箸袋に書いてあった、『美味亭』という弁当屋にも話を聞いてきたんだけど、ツアーの弁当の注文をしてきたのは、〝大橋〟という初めての客で、弁当屋に教えた携帯番号を聞いて掛けてみたら、もう使われていなかった」

「ふ～ん。なかなか厳しいですね。それでは、加害者とツアー主催者側の接点の方は、何か出てきたんですか？」

「うん、加害者の木下が以前勤めていたレストランや、ギャンブル仲間、昔の恋人など色々当たったけど、それらしい情報は得られなかった。残念ながら、現状では、木下と殺人見学ツアーを結ぶ線は何一つ上がっていないわ」

「なるほどね」

そう言うと、K女史は左手で頬杖をついて考え始めた。

「もし、本当に木下とツアー側に何の接点もないとしたら、一体、ツアーの主催者側はどうやって、木下が加地を殺害する時刻と場所を知ることが出来たんだろう？」

「そうですね……」

八方ふさがりだった。これ以上、事件やツアー側の周辺状況をリサーチしても、事件の謎《なぞ》にたどり着く具体的な手がかりは出てきそうにない。残された手段は、ただ一つ……。

「聞いてみるしかない……か」

「聞くって、誰にですか?」

「ツアーの主催者よ」

早速、自分のデスクに戻る。ノートパソコンを開いて、以前と同じ方法でツアー側のサイトにアクセスした。何らかの理由でアクセス方法が変わっていなければいいが。そう祈りながら、エンターキーを押す。十数秒後、無事サイトが表示され、ほっとする。殺人見学ツアー『明日を生きるための死』のホームページ。サイトの末尾にある入力フォームに飛び、文字を打ち込む。だが今回は、ツアー参加の申し込みではない。殺人見学ツアーの主催者に、正攻法でインタビュー取材を依頼するのだ。局名と私の名前も明記し、相手方に送信した。返事がくるかどうか、わからない。もし返信があったとしても、どのようなリスクが待ち受けているのか予測できない。しかし後戻りは出来なかった。私にはこの事件を報道する義務がある。こんな恐ろしい現実があることを、テレビを通じて社会に伝えなければならないからだ。それに……。

炎に焼き尽くされながら私を見つめる被害者の眼差しが、脳裏にこびりついて離れない。被害者を成仏《じょうぶつ》させるためにも、私のジャーナリスト生命をかけて挑まなければならない。そこに、どのような危険が潜んでいようとも……。

Show

　ＪＲ五反田駅を出た途端、小雨がパラついてきた。駅前のコンビニでビニール傘を購入する。普段、これくらいの雨ならば傘を差さないで歩くのだが、今日はカメラバッグを持っている。

　気がつくと月が変わって、もう十日になっていた。あの忌《い》まわしいツアーから丁度一ヶ月が経った。時刻は午後一時四十五分。五反田駅前は、雨でも多くのサラリーマンや学生でにぎわっている。ファストフード店やパチンコ屋などが並ぶ商店街を進んで行くうちに、本降りになってきた。キャバクラや風俗店、ラブホテルなどが密集しているエリアにさしかかる。数人のポン引きにしつこく声を掛けられるが、無視して裏路地へと向かっていく。

　しばらく歩くと道が広くなり、マンションや一戸建てが建ち並ぶ住宅街に差し掛かった。一旦立ち止まり、ビニール傘を首で支える。ショルダーバッグのポケットから目的地までの地図が印刷されたプリントアウトを取り出し、方向が合っているかどうか確認する。

雨の中を五分ほど歩くと、レンガ造りの瀟洒《しょうしゃ》なマンションが見えてきた。十階建てのマンション。築年数は結構経っていそうだが、古びた感じはしない。あのマンションだろうか？　前の電柱に記された表示板の住所を確かめる。間違いない。斜め前の小さなコインパーキングに入り、駐車してあったワゴン車と軽トラックの間に身を潜めた。カメラバッグからビデオカメラを取り出す。ビデオカメラは、テープ収録方式の旧式のものである。ハードディスクに記録する最近のカメラはどうも苦手だ。カメラを起動させる。濡《ぬ》れないよう左手でビニール傘を支え、マンションの全景を撮影した。地面に叩きつけるように、雨が激しくなってきた。ビニール傘ではしのげそうにない。あわててマンションのエントランスに飛び込む。

ズボンのポケットからハンカチを取り出し、濡れてしまったカメラの筐体《きょうたい》と、顔についた水滴を拭《ぬぐ》う。周囲には誰もいない。管理人室も、不在を示す紙が貼られているだけである。テンキーが並ぶインターフォンの前で立ち止まる。バッグから手帳を取り出し、メモしておいた部屋番号を入力した。呼び出し音が鳴って、少し経つと、落ち着いた男性の声が返ってくる。

「はい」

名前を告げると、オートロックが解除された。そのままエレベーターに乗り、七階へと向かう。

胸の鼓動が高鳴ってくる。ついに『明日を生きるための死』の主催者を、取材することが出来るのだ。まさか取材依頼に返事が戻ってくるとは、思っていなかった。しかも、取材を受けるというのだ。彼らもマスコミを通じて、主張したいことがあるようだ。取材の条件は、インタビュー撮影は可だが、サイトの主催者の顔出しはNG。声も、イコライザー処理で変えるなどして、本人と特定できないようにする。さらに、スタッフは必ず一人で来るように、ということである。彼らの意思を尊重して、カメラマンなど他のスタッフは連れず、一人でここにやってきた。危険な取材は、もう何度も経験している。この前のツアーも一人で潜入した。それに、約束を破って取材が中止となったら、元も子もない。

エレベーターが七階に到着した。マンションの外廊下を歩き、メモと同じ番号が記された部屋の前で立ち止まる。一度深呼吸する。背筋を少し伸ばしてから、ドアチャイムを押す。インターフォンから返事はない。しばらく待っていると、ドアが開き、中から白いワイシャツ姿にスラックス、長髪で口元に髭を蓄えた長身の男性が現れた。

「すごい雨でしたね、大丈夫でした？」

「ええ、大丈夫です」

「どうぞ、どうぞ、中にお入り下さい」

男性は笑顔で招き入れてくれた。背の丈は、自分と同じくらいだろうか？　年の頃は三十代前半、長髪に髭という出《い》で立《た》ちだが、不潔な感じはしない。男性の招きに従い、室内の廊下を進む。廊下の突き当たりのガラス戸の先にある、八畳ほどのリビングに通される。パソコンが置かれたデスクと、ソファセットがあるだけの簡素なフローリングの部屋。家具の類はほとんどない。彼の仕事部屋なのだろうか？

「さ、お座り下さい」

男性は、奥の二人掛けのソファに座るよう勧める。ソファに荷物を置いて、ジャケットから名刺入れを取り出し、局の名刺を差し出す。愛想良くそれを受け取るが、男性の方から名刺を渡そうとするそぶりはない。

部屋に入ってからは、胸の鼓動はおさまっていた。窓外に目をやる。さっきまで土砂降りだった雨は、いつの間にかやんだようだ。ソファに座り、取材の趣旨を簡単に説明する。男性は、上品な笑みを浮かべながら話を聞いている。

「撮影のセッティングをさせていただいても、よろしいですか？」

「ええ、もちろん。どうぞ、どうぞ」

男性は席を立ち、部屋の奥に消えた。三脚にビデオカメラをとり付け、アングルなどの調整をしていると、男性が木の盆にティーセットを載せて戻ってきた。紅茶から湯気が立ちのぼっている。

「どうぞ、冷めないうちにお召し上がり下さい」

そう言いながら、ソファセットのガラステーブルの上に紅茶を差し出してくれた。礼を言って、セッティングを一旦《いったん》中断し、口を付ける。アールグレイのこうばしい香りが漂う。

カメラを設置し終わり、テープが入っているかどうかを確認する。問題ない。

「あの、メールでお伝えしたように、僕の顔は映さないように、お願いできますよね」

「ええ、もちろん」

カメラのモニターに目を遣《や》る。画面の中央に映る長髪の男性。首から上は、フレームから外れている。

「声も」

「ええ、声も加工して、誰か特定出来ないようにいたしますので」

「ありがとうございます」

嬉《うれ》しそうに微笑《ほほえ》みを浮かべながら、男が答える。

「それでは、よろしいでしょうか？　取材を始めさせていただいて」

「どうぞ」

「では、カメラを回します」

録画ボタンを押す。テープが回り始める。静寂の中、カメラの動作音だけが、かすかに響いてくる。

「まず、あなたのお名前を教えていただけますか」

男性は、軽く笑って、

「それは、言わなくてもいい約束ですよね」

「そうですね。失礼しました」

もちろん男性が、本名を名乗るとは思っていない。ただこの男性が、名前を語りたくない人物であることを強調するために、カメラが回ってから、わざと聞いたのである。

「では、一つ確認させて頂きたいのですが、あなたは、『明日を生きるための死』というツアーの主催者である、ということは、間違いありませんか？」

か？」


「ええ、間違いありません」

「それでは、いつごろから、このような活動をなさっているのか、お聞かせ願えます
「私がやり始めたのは、五年ほど前からですね」

「なぜ、『人の死』を見せるツアーを始めたのか、そのきっかけは何なんでしょうか」

「サイトの序文を読んでもらえればわかります。この閉塞《へいそく》的な現代社会で、何の希望も持てない世の中の多くの人々に、明日を生きる活力を与えたい。そんな思いからです」

「なぜ『人の死』を見ることが、『明日を生きる活力』につながるのですか？」

「他人の死を目《ま》の当《あ》たりにすることによって、生命の尊厳を知ることが出来るからです。現代社会は、『死』という概念がバーチャル化され、希薄となっています。だから、このツアーに参加して、命が無限でないことを再確認してもらいたい。今自分自身が確実に生きている、ということを実感していただきたいんです」

「なるほど、そうですか。では、このツアーは何人ぐらいで運営されているんでしょうか？」

「残念ですが、お答えできません」

「……どういった方が、ツアーを運営されているんですか？」

「すみません。それもお答えできません」

「ツアーは、どれくらいの頻度で、実行されているんですか？」

「まちまちです。月に三回行う時もあれば、半年に一回の時もあります」

「サイトには『このツアーは、〝命が終わる瞬間〟を見ることができます』とありますが、本当に、そのような瞬間を見ることができるのでしょうか？」

「こちらもサイトに記してあるんですが、残念ながら、確実に見ることができるとお約束してはおりません。ツアー当日、不測の事態が発生する場合がございます。その際は、代金の一部を返金させていただいております」

「なるほど。では具体的に、ツアーではどういった〝命が終わる瞬間〟を見ることができるんでしょうか？」

「色々あるんですが」

「色々と言いますと」

「自ら命を絶つ方のその一部始終を見ることもありますし、不慮の事故で、尊い命が失われる様子をご覧になられた方もいます」

「……他には」

「人が、人を殺《あや》める瞬間とか……」

「人が人を殺める……殺人ということですか？」

「ええ、そうです」

「しかし、しかしですよ。一つちょっと疑問なんですけど、一体どうやって、そういった情報を仕入れることができるんですか？　事故とか自殺とか、殺人まで、あらかじめわかっていないと、ツアーは組めないはずです。でも、一ヶ月以上前から、ツアーの予定は組まれている。どのようにすれば、事故や自殺、殺人が起こると予測できるんでしょうか？」

自分で、質問する声が熱を帯びていることがわかる。だが、カメラを向けられた男性は、相変わらず余裕の笑みを浮かべている。

「お答えできません」

悠然と微笑んでそう言うと、男性は一呼吸置いて、言葉を続ける。

「と言いたいところですが、それだと、納得されないでしょうから、少しだけお話ししましょう。私どもには、独自の情報網があります。自殺や事故の場合は、独自に収集したデータをもとに、そのポイントを割り出しています。日本では十三年間連続、年間三万人以上もの自殺者数が記録されています。単純に、一日に百人近くもの人間が、自らその命を絶っていることになります。そこで我々は、過去十年以上のデータを独自に解析して、現在の社会情勢なども加味した上で、自殺頻度が高い場所、時間などを割り出し、予測しているのです。事故死の予測も、大体同じような手法で行っています」

「なるほど……では、殺人の場合はどうなんです」

「これも、独自の情報網を駆使して、詳細な分析によって行われています。我々は、警視庁、警察庁、そして政治団体や、暴力団、闇《やみ》金融など多方面にアンテナを張り巡らし、それぞれの機関から多額の費用をかけて情報を仕入れているのです。特に闇社会からの情報は有力です。誰が今、どんなトラブルを抱えているのか？　誰が誰を恨んでいるか？　具体的な情報が、日々私どもに入ってきております。このような情報を日夜分析して、殺人が起こる場所、時間を特定しているのです」

「本当でしょうか？　俄《にわか》には信じられませんが。そういった方法で、前もって、殺人事件が起こる時間や場所が予測できるとは思えないんですけど？」

「ええ、仰《おっしゃ》るとおりです。『人の死』の予測は、当然、それらの情報だけでは不可能です。他にもいろいろと方法はあるのですが、残念ながら、今ここではお話しすることはできません」

男性は依然として余裕の表情を浮かべたままである。そこで、切り札を出すことにする。

「実は、丁度一ヶ月前、こちらのツアーに参加したんです」

「ほう……」

「そのツアーで、凄惨《せいさん》な殺害現場を目の当たりにしました」

「……」

「とても衝撃的でした。バスがあの場所に到着して、程なくして怖《おそ》ろしい出来事が起こったんですから。そこで考えました。一体、どうやってあなた方は、殺人事件が起こる時間や場所を予測することができたのか？　結論を率直に言わせていただきます」

そこまで一気に話すと、一呼吸置いて、目の前の男性に告げる。

「あなたたちが事件を起こしたんです。犯人を唆して、あなた方があの時刻、あの海岸で殺人事件を発生させたんです」

「なるほどね」

うっすらと笑みを浮かべていた男性の表情が、一瞬にして切り替わった。切り込んでくるような鋭い目つきで、こう言った。

殺気に、気圧《けお》されそうになる。だが次の瞬間、すぐに男の顔にもとの笑顔が戻り、こう続ける。

「正解です」

「と言ったら、ご満足ですか」

「いや……」

言葉に窮する。完全に、男性の迫力に圧倒されている。だが、ひるんではいけない。

さらに男は続ける。

「さすが、一流テレビ局の報道部の方だ。でも、あなたの推理は部分的には合っているのですが、一部間違っています。正確に言うと、私たちが唆したのではない」

「唆したのではない……」

「あなたはバスから、被害者と加害者を目の当たりにしましたね。しかし、あなたは考えましたか？　本当に被害者は新聞に報道されている人物で、加害者は逮捕された人間なのかどうか」

「……どういうことです」

「犯人でもない人間に罪をかぶせる方法は、いくらでもある」

「では……バスから見えた被害者と加害者は」

「人間は一度思い込むとやっかいなものです。全く別人でも、その人物だと思い込んでしまうことが多々あります。被害者と加害者は、報道されている人間とは、全く別の人物です」

「一体、なぜそんなことを」

「我々は、被害者……あ、つまり報道されている被害者ですが、その被害者が我々の依頼人でして、その方はある事情で、自分の戸籍を抹消し、別の人間に生まれ変わりたがっていた。そこで、手助けをしてあげたんです。別の人間を用意して、その被害者に仕立て上げ殺害したんです。そうすれば、その方は社会的には死んだことになる。別の人間に成りかわり、第二の人生を生きることができる。そして我々も、ショウを開催することができる。一石二鳥です」

「では、あなた方が用意した別の人間とは、一体誰なんですか？」

「……今回は誰だったんでしょうか？　あまりよく覚えていません」

「実際に、殺害を実行していた犯人というのは？」

「何、野暮なこと言ってるんですか？　そこまで言わせないで下さいよ」

男性は、満面に笑みを浮かべている。そんな彼の顔を目の当たりにしていると、次第に怒りが込み上げてきた。

「あなた方は、どうかしてる。自分らで殺人を犯して、その場面を見せ物にして、法治国家の日本でそんなことが許されるはずが……」

「何言ってるんですか、人の生き死にを見せ物にしてるのは、あなたたちも同じでしょ」

背筋に寒気が走った。ここに来たことを、激しく後悔し始める。突然、今まで笑みを絶やさなかった男性の顔が、鬼のような形相に一変し、激昂《げっこう》する。

「悔い改めよ、このゲス野郎が」

背後に殺気を感じ、振り返った。いつの間にか、金属バットを持った男が立っている。あのツアーの案内をしていたやせぎすのサングラスの男だ。その刹那《せつな》、頭めがけて金属バットを力一杯振り下ろしてくる。逃げる間もなく、頭部に激痛が走った。キーンという不協和音が、脳内にこだまし、その場に崩れ落ちる。途端に、頭部を二回目の激しい痛みが襲う。全身が痺《しび》れ、意識が朦朧《もうろう》としてきた。頭から生暖かいものが流れてくる。長髪の男性が、腹を抱えて笑っている。またサングラスの男が、金属バットを叩《たた》きつけてきた。そこで意識を失う。

ごろごろと転がる感覚。しかし、視界は闇に包まれたままである。口の中は、血の味がして、何度か吐きそうになるが、じっとこらえる。足音が近づいてくる。全身を覆《おお》っていたものがはぎ取られた。慌《あわ》てて目を閉じ、意識を失ったふりをする。背中に強い衝撃が走った。布をはぎ取った人物が、蹴《け》り付けてきた。我慢して、じっと目を閉じる。動きが止まった。足音が遠ざかってゆく。少し待ってから、恐る恐る目を開ける。

むせかえるような湿気と、樹木の匂《にお》い。視界には、夜の闇が広がっている。ゆっくりと、足音が遠ざかっていった方向を見る。どこか山の中の、切り開かれた場所である。作業帽をかぶった農夫らしき男が軽トラックの前で背を向けて、もそもそと何かやっている。あの軽トラックには、見覚えがある。そうだ、マンションの前のコインパーキングに停まっていた軽トラだ。逃げなければ。今すぐ、ここから逃げなければ。力を振り絞って、何とか立ち上がった。軽トラックに背を向けて、駆け出そうとする。しかし、打撲しているせいか、思うように身体が動かない。走ることはおろか、歩くことさえおぼつかない。濡れた土の上をよろよろと進んで行くと、突然、頭頂部に衝撃が走った。少し遅れて、耐えきれないほどの痛みが襲ってくる。とても立っていることが出来ない。頭を抱え、その場に倒れ込む。背後から殴られたのだ。さらに農夫は、容赦なく金属バットを打ち付けてくる。意識がどんどんと薄れてゆく。しばらくすると、攻撃は止まった。農夫は金属バットを杖代《つえ》わりにして、じっとこちらをのぞき込んでくる。よく見ると、マンションにいたツアーの主催者の男だ。

「どうですか、ご気分は」

最後の力を振り絞って、言葉を返す。

「何で、こんなことを……」

「需要があるからですよ。人間はみんな好きなんですよ。ギロチンとか、江戸時代の公開処刑とか、今も、あなたたちが毎日やってるでしょ、殺人事件のニュースとか。みんな熱心にそれを見て……人間にとって、『他人の死』は最高の娯楽なんです。その中でも『殺人』は究極のエンターテインメントだ。見たいんですよ。みんな『人殺し』が、見たいんだ……仕方ないんです、原罪なんですから」

もう言葉を返す力は残っていなかった。男は、さらに身を乗り出してきて、

「おめでとうございます。あなたが、今日のショウの主役ですよ」

そう告げると、ゆっくりと遠ざかって行った。もう逃げる気力もない。視界が歪《ゆが》んでくる……。

突然、ぬるっとした液体が降りかかってきた。ガソリンの強烈な匂い。頭部の傷口にも、ガソリンが染《し》み込んできて、耐えられない痛みが襲ってくる。早く、楽にして

欲しい、早く。そう願い続けている時だった。周囲が一瞬にして、真っ白な光に包まれる。全身を炎が覆っていた。熱い、熱い、熱い。身にまとった炎が皮膚をじりじりと焦がしていく音がする。耐えきれぬ熱さから逃れようと、身体が勝手に起き上がる。

その時、初めて見えた。

山側の崖《がけ》の上に、停車している中型のマイクロバスが……あのバスの中で、きっと誰かが見ているのだ。炎に包まれた、この姿を……感じる。焼き尽くされようとしている自分を見つめる、目、目、目。

身体中にまとわりついている炎の勢いが増してゆく。それにつれて視界も明るくなってきた。視線の数十メートル先にあるバスの方にまで、炎の光が届いている。マイクロバスの窓に、見覚えのある顔が見えた。グレイの帽子……キャスケットの女性。〝彼女〟は、何度か事件現場で顔を合わせたことのある、〝有明〟の女性ディレクターだった。

意識がどんどん遠のいてくる。脳裏に、身重の妻と、来年から小学校に入る長男のあどけない顔が浮かび上がる……。

じっと、〝彼女〟の方を見たまま、〝僕〟は、燃え尽きていった。

マンションサイコ

陽が陰ってきた。

昼間はそれほどでもなかったのだが、夕方近くなると肌寒く感じる。もうすぐ十一月も終わろうとしている。

秋庭祥子《あきばしょうこ》はソファから起き上がると、電気ストーブのスイッチを入れた。

ベランダの方から、子供たちの喚声が聞こえてくる。隣の児童公園では、学校帰りの小学生が駆け回っていた。マンションの周辺は普段静かなのだが、夕暮れ時になると、五階のこの部屋にも子供らの遊ぶ声が届き、にぎやかである。

少し暗くなってきたので、室内の照明をつけることにした。ひもを引くと、じーっという音がして、蛍光灯に白い光が灯《とも》る。キッチンでは、炊飯器のランプが保温に変わっていた。ご飯が炊《た》きあがったようだ。

ダイニングの椅子《いす》に腰掛け、手早く夕食をすませる。おかずは、冷蔵庫にあった瓶詰めのなめ茸《たけ》や梅干しである。牛乳も食器棚のコップを使って、一杯だけ飲む。使った食器を丁寧に洗って、もとに戻した。

亨《とおる》がいつ帰ってくるかわからない。彼は建設会社に勤めるサラリーマンである。営業部に所属しているため、仕事終わりに飲みに行くことが多く、帰宅時間は不規則なのだ。

電気ストーブを切り、部屋を出ようとする。その時、ちらりと隣室をのぞき見た。カーテンが閉め切られた六畳の寝室。窓際《まどぎわ》にはセミダブルのベッドがあり、部屋のほとんどを占領している。めくれあがった薄紫の掛け布団《ぶとん》は、彼が朝起きた時のままであることを確認する。

リビングの照明を消し、玄関ドアに続く短い廊下に出る。すぐ脇《わき》の左手にある洗面所に入り、すりガラスのドアに隔てられた浴室に向かった。

一坪ちょっとの広さのバスルーム。浴槽脇の洗い場には、アルミ製の三尺脚立《きゃたつ》が立っていた。脚立にはロープが結びつけてある。

祥子はロープを腕に巻き付け、脚立を登った。上まで登ると、天井についている二箇所のねじを外す。点検口と呼ばれる場所の取付ねじだ。点検口のカバーを外し天井裏に置く。カバーが外れても、取付ねじはカバーに残ったままだ。ねじの落下を防ぐためである。

ジーンズのポケットから携帯用の懐中電灯を取り出し、点灯させ口にくわえた。点検口に上半身を入れて、身体《からだ》を天井裏に滑り込ませる。完全に足まで入ると、身体を向け直し、ロープを使って脚立をつり上げた。脚立はアルミ製とはいえ、それなりの重さである。

つり上げた脚立を畳んで天井裏に隠す。内側からカバーを閉める。最初はなかなか慣れなかった作業である。しかし最近は、さほど時間はかからなくなった。

身体をかがめたまま、くわえていた懐中電灯を手に取り暗闇《くらやみ》を照らす。奥には無骨なダクトや電気配線の類《たぐい》が張り巡らされた空間が続いている。

這《は》いつくばりながら進んで行く。マンションの五階の天井と、六階の床のすき間に相当する場所である。高さは五十センチもない。少し上体を起こすと頭をぶつけてしまう。ダクトや電気配線のすき間を、すり抜けながら移動する。

しばらく行くと、少し広くなっている空間にたどり着いた。先ほどまでいたリビングの真上にあたる所だ。そこは今まで通ってきた場所に比べると、少し高さには余裕がある。頭を上げて、置いてある寝袋の上に、身を横たわらせる。枕元《まくらもと》に取りつけた、大きなクリップがついた電池式のライトを点灯し、懐中電灯を消してポケットにしまう。脇にはスナック菓子や水筒。本や雑誌も持ち込んでいた。

彼女の生活空間である。

読みかけの小説を手にとり、頁《ページ》をめくる。しばらく読んでいると、睡魔が襲ってきた。寝袋にくるまり、少し眠ることにする。

愛する彼のことに、思いを馳《は》せながら……。

ライトを消すと、天井裏の空間は一瞬にして暗闇に包まれた。

祥子が奇妙な生活を送るようになった理由は、もちろん鈴木《すずき》亨にある。

以前彼女は、亨と同じ建設会社に勤めていた。二十九歳の時、祥子は営業部に異動となり、彼と出会った。亨は祥子の一つ上と歳《とし》も近く、話もよく合った。そして、気がつくと交際が始まっていた。

途端に祥子は、身も心も奪われた。

彼女のそれまでの人生のなかで、男性と出会っても、真剣な交際に結びつくことはなかった。祥子の容姿は、同年代の女性と比べても、決して劣るわけではない。漆黒の長い髪。ほっそりとした体つきで色白の肌。故郷の実家も資産家の地主で、金銭の苦労とも無縁だった。ただ巡り合わせが悪かったのか、三十を間近に控えたこの歳まで、心底男性を愛した経験はほとんどなかった。

そんな彼女にとって、亨は完璧《かんぺき》とも言える男性だった。とり立てて、美男子というわけではない。身体はがっちりしていて、無骨な感じがした。学生時代には、柔道部に所属していたらしい。文科系の祥子にとっては、今まで敬遠していたタイプの男性だった。

だが、心と身体の相性が見事に合致したのだ。交際を重ねるほどに、彼との出会いが、まるで奇跡のような出来事だと思うようになった。愛しても愛しても、愛し足りなかった。亨の声。時折見せる照れくさそうな表情。身のこなしに、体軀《たいく》の匂《にお》い。

だから、交際が始まってから一年後、別れを切り出された時は、目の前が真っ白になった。

なぜ亨が交際を終わらせたのか、理解できなかった。でも今は、わからなくもない。きっと彼にとって、自分という存在が重かったのだろう。祥子からの愛の表現が、一方的すぎたのだ。しかしその時は、冷静に考える余裕はなかった。なぜなら亨は、彼女の全《すべ》てだったからだ。

忘れようと思った。同じ職場にいることもつらかった。ちょうどその頃、親が亡《な》くなり遺産を相続できたので、思い切って会社を辞めた。しかし、断ち切ることはできなかった。

何としてでも、亭を感じていたかった。彼とつながっていたかった。

あれは、木々が紅《あか》く色づき始めていたころのことだ。

祥子は、亭が暮らすマンションの前で佇《たたず》んでいた。閑静な住宅街にある小綺麗《こぎれい》なマンション。築年数も浅く、白い壁がまぶしい。朝早く起きて、出勤する彼の姿を遠くから眺めた。

次の日も、また次の日も。

早朝だけではなかった。夕暮れを待って、彼のマンションに出向くこともあった。隣の公園に潜んで、彼の帰宅を待ち続けた。

最初は、見ているだけでよかった。だがしばらくすると、それだけでは満足がいかなくなった。もっと亭を感じたい。彼に近づきたい。

祥子は、亭の部屋のスペアキーを持っていた。別れる時に、借りていた鍵《かぎ》は彼に返したのだが、実はその前に、こっそりホームセンターに行って、スペアキーを作っていたのだ。

その日の早朝、彼の出勤を見届けると、祥子の足は自然と動き出した。何かに引き寄せられるように、マンションの入口に向かう。誰もいないのを確認すると、エントランスに足を踏み入れた。

エレベーターを五階で降りて亨の部屋に向かう。緊張で胸が張り裂けそうになる。だが、おどおどしていると、不審者であることを見透かされてしまう。住人とすれ違っても、平然とふるまい、あたかもこのマンションの住人のように装《よそお》った。

亨の部屋の前に立つ。握りしめていたスペアキーを鍵穴に差し込む。金属音とともに鍵が回る。無事解錠したことを確認すると、ドアを開けて一気になかに入った。

すぐに内鍵を掛ける。一呼吸つくと、靴を脱いで部屋に上がった。ここに来たのは、およそ三ヶ月ぶりだ。ひどく懐《なつ》かしい場所に思える。

部屋のなかは、雑然としていた。キッチンの流しには、洗い桶《おけ》に茶碗《ちゃわん》や丼鉢《どんぶりばち》、コップなどが幾重にも重ねられている。どうやら、何日も食器を洗っていないようだ。ダイニングテーブルには、カップラーメンの食べ残しや新聞、雑誌が乱雑に置かれている。リビングのソファには、彼が寝巻きに使っている水色のトレーナーや、Tシャツなどが脱ぎ捨てられていた。

祥子はトレーナーを手に取り、思わず鼻先に寄せる。懐かしい亨の匂いだ。握りしめ、感慨にふける。

だがそれと同時に、自分の行為が不用意なものであったことを悟る。部屋のなかのものを気軽に動かしてはいけないのだ。彼が帰ってきた時、誰かが侵入したことに気づかれてしまう。

トレーナーを、もとあった場所に戻す。ものを動かさないように気を配りながら、ソファに腰を落ち着ける。

部屋の様子を見て、祥子は少し安堵《あんど》した。ここ最近、女性が訪れた形跡はないようだ。彼には今、特定の恋人はいないのだろうか？　以前のように、部屋を片付けてあげたい。そんな欲求をぐっとこらえる。

ソファから立ち上がり、隣室の戸を開ける。寝室として使っている部屋。窓際には、かつて彼と愛の交歓をしたベッドがある。

その前にひざまずく。乱れた掛け布団の形を壊さぬよう、深緑色のシーツに顔を埋《うず》めた。懐かしくも愛《いと》おしい人の香りに包まれる。

彼女の目から涙がこぼれ落ちた。

初めて忍び込んだその日は、陽が暮れるまで部屋にいた。

隣の公園は、プロ野球チームの帽子を被《かぶ》った小学生らで賑《にぎ》わっている。帰りたくなかったが、このまま居座って亨と鉢合わせするわけにはいかない。部屋を出て、何食わぬ顔で鍵を掛け、一人暮らしのマンションに戻った。

その日から祥子はスペアキーを使って、侵入をくり返すようになった。早朝、彼が出勤したのを見計らって部屋に入り、暗くなるまで過ごした。愛する人の存在が満ちあふれた部屋での生活。

だが次第に、それですら物足りなくなった。もっと彼とつながりたい。彼の側《そば》にいたい。亨が戻ってきても、隠れていられる所があれば……。祥子には、一つ思い当たる場所があった。

リビングを出て、浴室に向かう。

天井を見上げ、洗い場の上に点検口が設置されていることを確認した。

点検口とは、ダクトや電気配線が通された天井裏に通じている点検用の穴のことである。大工や電気工が天井裏の作業をするために取り付けられたもので、マンションが完成するとほとんど使われることはなく、一般的にその存在はあまり意識されていない。祥子は建設会社に勤めていたので、大抵のマンションの浴室には点検口が設置してあることを知っていたのだ。

ここから天井裏に入り込むことができれば、隠れられるかもしれない。しかし、どうやって入ればいいのだろうか？　浴槽のへりに立っても、天井に手をつくのがやっとである。何か台のようなものが必要だ。

いったん彼女は部屋を出た。最寄りのホームセンターまで行き、三尺の脚立を購入する。携帯用の懐中電灯にロープ、汚れてもいいように軍手や安価なジャージの上下も揃《そろ》えた。

部屋に戻りジャージに着替えると、早速買ったばかりの脚立を浴室に立てた。脚立に登り、天井の取付ねじを外すと、簡単に点検口のカバーが開いた。懐中電灯で天井裏を照らす。人一人がやっと入ることのできるスペースに、ダクトや配線が張り巡らされている。脚立の一番上まで登ると、慎重に身体を滑り込ませた。

思ったより汚れていない。害虫の類がいると嫌だと思ったが、築年数が浅いためか、問題ない。

両腕を使い、匍匐《ほふく》前進のような体勢で奥に進んでゆく。

少し行くと、人一人が潜むにはおあつらえ向きの場所を発見した。ダクトと配線に囲まれた空間。ちょうど、リビングの真上である。

部屋に戻り、自分がいた痕跡《こんせき》を慎重に消した。荷物や衣服と、玄関にあった靴を持って、ホームセンターのビニール袋に詰め込んだ。

浴室に行き、脚立を登って点検口に入り込む。脚立をつり上げて天井裏に隠し、内側から点検口のカバーを閉めた。ダクトの間を這って、リビングの真上の空間にたどりついた。

そこで、彼の帰りを待つことにする。気分は高揚していた。もうすぐ、亨が帰ってくるのだ。

天井裏に忍び込んで、二時間ほどが経過した。

玄関のドアが開く音がする。思わず、息をひそめた。足音が近づいてくる。祥子がいる場所にも、彼が歩く振動が伝わってくる。

足音は、真下のリビングで止まった。

息が止まりそうだった。恋い焦《こ》がれた亨が、すぐ傍にいる。今すぐにでも、ここを飛び出して、彼の胸に飛び込みたい。でも、そうしたら全ては終わりになる。

このままでいい。このまま……亨を感じていたい。亨とつながっていたい。

胸の高鳴りを抑えることはできない。彼との距離は近い。心臓の鼓動が、聞こえてしまうかも。落ち着け、落ち着け、落ち着け。

真下からテレビ番組の声が聞こえてきた。人気の漫才に客がどよめくように笑っている。彼は今、ブラウン管を前に缶ビールでも飲んでくつろいでいるのだろう。こんなに近くにいるのに、亨の姿を見ることができない。もどかしい。部屋のなかを歩く足音。姿が見えない分、真下から聞こえる声や動作の音に全神経を集中させた。部屋のなかを歩く足音。電話で誰かと話す声。シャワーを浴びる音。目を閉じると、亨の姿が浮かび上がってくる。至福の気分だ。

しばらくすると、下からの物音は途絶えた。

眠ってしまったのだろうか。そのまま暗闇のなかで耳をすましていると、いつの間にか祥子もまどろみ、眠りに落ちていた。

翌朝、祥子は彼が出勤したのを確かめると、浴室の点検口から部屋に降り立った。脚立を、どこかに隠しておかなければならない。天井裏しかなかった。三尺脚立は九十センチほどである。浴槽のへりに立って、脚立を上げれば、点検口にはなんとか届いた。天井裏に脚立を隠して点検口のカバーを閉じる。身支度を調え、一度自分の部屋に戻ることにする。

部屋に帰っても、前夜の興奮と快感を忘れることはできなかった。

気がつくと次の日も、彼女の足は亨のマンションに向いていた。昨日と同じように、彼がいない間に部屋に忍び込み、天井裏で一夜を過ごす。

一夜だけでは満たされなかった。彼女の行為はさらにエスカレートしていく。天井裏に寝袋や食料品などを持ち込んで、そこで暮らすようになったのだ。ほとんど自分の部屋には帰らなくなり、亨の部屋が彼女の生活空間となった。

毎朝彼女は、亨が出て行ったのを確かめると、点検口から出て部屋に降り立った。日中はリビングでテレビを見たり、浴室でシャワーを使ったり、寝室で昼寝することもあった。

食事は炊飯器で飯を炊き、おかずはキッチンや冷蔵庫にあるものを、バレないように少しずつ頂戴《ちょうだい》した。だがそれも限界があったので、近所のスーパーへ、自分用の食品を買いに出ることもあった。米が減ってきたら、自分で買って補充したりもした。

昼間はほとんど、食料品を買いに行く以外は外に出ず、部屋のなかで過ごす。

彼女はそれで、充足感を得ていた。この部屋には、亨の存在が満ちあふれている。彼の衣服、彼の下着。彼の歯磨き。彼が所持する書物。CDやビデオテープ。ワードプロセッサー。古いアルバム。

脱ぎ捨てられたトレーナーやTシャツを身にまとう。とたんに彼の体臭に包まれ、まるで抱かれているかのような快感に浸った。

ゴミ箱のなかもよく見た。使用済みのティッシュ。精液の匂いがすることもあった。祥子は、それを見つけると、手にとり嗅《か》いだ。そして実感する。

愛する亭がここにいる。私は今、彼と生活をともにしているのだわ。

日が暮れかけると、急いで天井裏に戻った。いつ亭が帰ってくるかわからない。彼の帰宅時間は、夜遅いことがほとんどだが、早く帰ってこないとも限らない。

祥子は隠れる前に、チェックすることを心がけた。家具の配置やシーツのめくれ方などが、朝と変わっていないか細心の注意を払った。動かしたものは、すぐにもとに戻すようにしてはいたが、どこに落ち度があるか分からない。

部屋中を丹念に見回す。自分の痕跡が確実に消えていることを確認すると、天井裏に戻り彼の帰宅を待った。

祥子は天井裏に、ある細工を施していた。

天井板に何箇所か、のぞき穴を開けたのだ。

声だけではもどかしかった。なんとか彼の姿を見たかった。ホームセンターで簡易的なドリルを購入し、リビングに四箇所、寝室にも二箇所、天井裏からのぞき見ることができる穴を開けた。一センチにも満たない、わずかな穴だ。

幸い部屋の天井の色は、ダークブラウンだった。天井を見上げても、よっぽど注意して見ないと気づかれることはない。その穴から、愛する人の生活の一部始終を、つぶさに観察することができた。

酔っ払って帰宅してくる彼。スーツを脱ぎ、トレーナーに着替える彼。一人、食事をとる彼。風呂《ふろ》上がり、缶ビールを旨《うま》そうに飲んでいる彼。疲れてベッドで眠る彼。祥子の人生の全てといっても過言ではなかった男性。そんな彼が、わずか数メートルの距離にいる。ただ、そばにいるだけでよかった。このままずっとこうして、彼とつながっていたい……それが今の祥子にとっては、かけがえのない悦《よろこ》びだったのだ。

でもある日、そんな彼女の至福の生活は崩れ落ちることとなった。

祥子が彼の部屋に潜むようになって半年が過ぎたころのことだ。季節は、冬から春に変わろうとしていた。

いつものように、祥子は天井裏の暗闇のなかに身を潜めていた。午後十一時すぎ、玄関の鍵が開く音がした。

帰ってきた。

だが、いつもとどこか様子が違う。話し声がする。客がいるようである。しかも、どうやら相手は女性のようだ。玄関からリビングに歩いてゆく二人の振動が、天井まで伝わってくる。

数箇所ののぞき穴から、一斉に光が漏れ出した。亨が、室内の電気をつけたのだ。寝袋から這い出て、のぞき穴の一つに顔を寄せる。

亨が、女性を招き入れている。

祥子の知らない女だ。小柄でショートカット、前髪を揃えた真面目《まじめ》そうな女である。彼はソファに座るように、女性を促した。

「すみません」

恥ずかしそうに言うと、彼女はソファに腰掛けた。食事してきたのだろうか？　二人の顔は、ほのかに赤らんでいる。

「ビールでいいかな」

そう言いながら、亨はキッチンに消える。すぐに缶ビールとコップを二つ持って、戻ってきた。ビールが注がれたコップを合わせる二人。ビールを一口すると、女が言う。

「このあたり、駅から近いんですか」

「そんなに近くないかな。歩いて十二、三分ぐらい」

どこか、ぎこちない二人の会話である。

よくみると、女はそれほど若くないようだ。若作りはしているが、自分より年上かもしれない。

しばらくすると、亨が彼女の肩に手を回した。女性の方に、嫌がるそぶりはない。

唇が合わさり、彼女の両手が亨の背中に回る。

もちろん、二人の行為はそれで終わることはなかった。

見たくはなかった。

でも目を閉じても、彼女のなまめかしい声が耳に入ってくる。祥子は身をよじらせた。頭がおかしくなりそうだった。亨が間近で、自分以外の女を抱いている。今すぐにでもここから飛び出して、二人の行為をやめさせたい。しかし、そんな衝動をぐっとこらえた。

このような事態を、想定していなかった訳ではない。彼も男である。女性を部屋に連れ込むこともあるだろう。覚悟はしていた。

祥子はこう思うことにした。おそらくこれは一夜の過《あやま》ちなのだ。きっと亨はあの女のことなど、愛してなんかいないのだ。単なる性欲のはけ口にしか過ぎない。

心のなかでそう呟《つぶや》くと、幾分か気持ちが落ち着いた。

ゆっくりと、再び目を開けた。

そして、見続けることにした。のぞき穴の下で繰り広げられている光景を……。

久住初音《くすみはつね》が、職場である内科クリニックを出たのは午後五時すぎだった。

今日は昼勤だったため、珍しく陽があるうちに仕事が終わった。

JRの駅に程近い、このクリニックに看護師として勤め始めて三年になる。以前働いていた総合病院と比べると、定時に終わるのでいささか楽ではあった。初音は来月で三十五歳だ。

スーパーに立ち寄り、買い物をすませる。挽肉《ひきにく》とキャベツを買ってマンションに向かった。季節はもう春なのだが、暮れかけてくると一気に気温が下がる。彼女はコートの襟を立てた。

道すがら初音は思った。彼と暮らしはじめて、そろそろ一ヶ月。

あの夜……誘われるまま、合コンで知り合った彼の部屋に行き、関係を結んだ。そんなにタイプというわけではなかったが、身体を許してしまった。そして、あまり気乗りしない同棲《どうせい》生活が始まった。

別に後悔はしていない。目的のためならば、仕方ないと思っている。

彼のマンションに着くと、もうすっかり夜の帳《とばり》が降りていた。薄汚れた壁の向こうにある児童公園にも、人の気配はない。エレベーターを五階で降り、彼から渡された合い鍵で解錠する。

部屋のなかは暗い。彼はまだ帰っていないようだ。壁に掛けてある、照明器具用のリモコンを手にとる。電気をつけて、なかに入る。

思いのほか、室内は暖かかった。外から入ってきた直後だから、そう思うのだろうか？　それとも、日中の暖気が残っているのだろうか？

冷蔵庫に買ってきた食材を入れて、リビングのソファに座りテレビをつけた。四十インチの画面には、ニュース番組が映し出された。消費税を十パーセントに上げるべきかどうか、有識者が議論している。

その時、ふと気になった。不安げに周囲を見回す。初音は、この部屋があまり好きではなかった。なにか違和感があるのだ。うまく言葉にできなかった。しかし一人で部屋にいると、妙に居心地の悪い感じがする。

さらに不可解なことがあった。仕事から戻って来ると、食器棚のコップやダイニングチェア、ノートパソコンなど小物や家具の位置が、朝出た時と微妙に変わっているように感じるのだ。思い過ごしだとは思うのだが、なにか気持ち悪い。

このマンションのどこかの一室で、殺人事件があったという噂《うわさ》があると彼は言っていた。もしかしたら。初音が今いるこの部屋が事件の舞台で、いわゆる事故物件のようなものなのかもしれない。殺害された被害者の地縛霊のような存在が、とり憑《つ》いているのではないか？

そういった方面に詳しい友人から聞いたことがある。霊のようなものが憑いていると、勝手に物が動いたりする現象が起こるのだと。初音はオカルトまがいのことを信じる方ではないが、この部屋に一人でいると薄気味悪かった。まるで誰かに見られているような、何とも言えない感覚。

だがすぐに初音は、そんな脳裏に渦巻く妄想を打ち消した。気のせいに違いない。いい大人になって、幽霊とか在りもしないようなことを、真剣に考えている自分が馬《ば》鹿《か》らしい。

私には、やり遂げなければならない計画があるんだ。

そう言い聞かせると、エアコンの暖房を入れ、キッチンへと向かった。

あの女の姿が消えた。

天井ののぞき穴から見える、リビングの光景。キッチンから、水道の音が聞こえてくる。夕食の支度でも始めたのだろう。

それから一時間ほどすると、亨が帰ってきた。

二人の様子を、祥子はのぞき穴からじっと凝視した。仲睦《むつ》まじく、食卓を囲んでいる。メニューは、先ほどあの女が作っていたロールキャベツだ。

「どう、おいしい」

「うん。最近野菜不足だったから。助かる」

毒々しいケチャップ色したロールキャベツ。どう見ても不味《まず》そうだ。可哀想《かわいそう》な彼。きっと我慢して食べているのだろう。

あの女……。殺してやりたいと、何度も思った。私から大切な亨との生活を奪い去った憎い女。

のぞき穴から顔を上げると、祥子は湧《わ》き上がる憎悪《ぞうお》に打ち震えていた。


夏が終わり、秋になった。

亨とあの女が暮らしはじめて、半年以上が経過していた。あんな年増女《としまおんな》、いずれ亨は飽きて別れるだろう。そう考えていた祥子の予想は、大きく覆《くつがえ》された。

その日の朝早く、二人は婚姻届を手に区役所に向かったのだ。今頃入籍を終えて、あの女は涙しているのだろう。そう思うと悔しくてやりきれなかった。二人は正式に夫婦となり、その日から、祥子は彼らの夫婦生活を目の当《ま》たりにすることになったのである。

何度か、この部屋を出て行こうかとも思った。だが、できなかった。亨とのつながりを断ち切ることは、祥子にとって地獄の苦しみと言っても過言ではなかったからだ。彼とつながっていたい。どのような状態であっても、彼の傍にいたい。ずっと、彼を見つめ続けていたい。祥子は思った。亨は私の人生。私の全て。

だから亨があの女と結婚しても、この部屋に居座ることにした。幸い、祥子には金銭面での不安はなかった。親の遺産はまだ残っていたし、足りなくなれば土地を売り払えばいい。

最初は、今までのように自分の痕跡を消し続けた。しかし、それでは飽き足らなくなった。近頃は、彼らが家を出て行った後、わざと物の配置を微妙に変えたり、ベッドに自分の髪の毛を落としたままにした。ちょっとした悪戯《いたずら》である。自分の存在を暗示したいという気持ちもあった。

彼もあの女も、まさか誰かに見られているとは夢にも思っていないだろう。だが、祥子は見ていた。全部見ていた。二人の夫婦生活の一部始終を、のぞき穴からじっと監視し続けた。

食事しながら談笑する二人。熱く抱擁している二人。ベッドで愛の交歓をする二人。

この部屋で二人の愛が育《はぐく》まれてゆくにつれ、祥子の嫉妬心《しっとしん》と深い憎悪が肥大してゆく。

もう自分でも、どうしようもなかった。亭を愛しすぎたのだ。彼以外、見えなかった。私は、何も悪いことはしていない。人を愛しすぎて、一体何が悪いというのか。

薄暗い天井裏で一人、祥子は妄執の愛に身もだえていた。

「あ、笑った。今パパを見て笑った」

そう言うと彼は、満面に笑みを浮かべた生後三ヶ月の息子を抱きかかえた。

「ほんと、今笑ったよ。おはよう、パパですよ。遙人《はると》」

〝遙人〟と名づけられた、赤ちゃんを夫があやしている。その様子を初音は複雑な表情で眺めていた。

しばらくの間、遙人は夫の腕のなかで愛らしい微笑《ほほえ》みを振りまいていたが、すぐにぐずりはじめる。

「そろそろ、おっぱいかもね？」

そう言うと初音は、わが子を夫の腕から奪い取った。

授乳を始める。

ベランダの窓際にとりつけた風鈴が、小さく鳴った。九月ももう半ばを過ぎているが、まだ暑い日が続いている。腕のなかにいる遙人は、元気よく乳房に吸い付いていた。

今年六月、初音は故郷に戻り、実家近くの産婦人科で遙人を産んだ。分娩室《ぶんべんしつ》に入ってから、二十時間にも及ぶ難産だったが、無事に三千九百グラムの男児が誕生する。

産後二ヶ月ほど実家で暮らすと、遙人を連れてこの部屋に帰ってきた。

そして彼女は、ある事実を知る。夫は自分が実家に戻っている間に、この部屋に女性を連れ込んでいたのだ。

証拠はあった。彼のスマートフォン。産後この部屋に戻ってきた時、夫の態度に不審を抱いて、盗み見た。そこに、浮気の赤裸々な実態が保存されていたのである。相手はどうやら、部下の若いOLのようだ。赤面してしまうようなメールのやりとり。二人の破廉恥《はれんち》な行為を映した写真や動画。

しかも、おもにその行為は〝この部屋〟で行われていた。彼は妻が出産で苦しんでいる間に、夫婦の部屋に他の女を連れ込んでいたのだ。

しかし、怒りはなかった。逆にほくそ笑みたいぐらいである。もともと女癖の悪い男だった。想定通りに彼は行動してくれた。

「じゃあ、行ってくるね」

スーツに着替えた彼が、懸命に乳を飲んでいる遙人の頭にキスをする。顔を払いのけてやりたかったが、ぐっとこらえた。

もう少しの我慢だ。間もなく初音の目的は成就《じょうじゅ》する。あの人に、連絡しなければ……。

「行ってらっしゃい。気をつけてね」

出勤する夫の背中に、初音は乾いた微笑みを投げかけた。

亨たち夫婦に子供が生まれてから、祥子の生活にも変化が生じた。

あの女が育休をとり、部屋で過ごす時間が増えたからだ。

祥子が部屋に降りて行けるのは、女が子供と買い物や散歩に出かけているわずかな時間だけ。以前のように、ゆっくりシャワーを浴びたり、部屋で食事したりすることができなくなった。

時折、自宅のマンションに戻り、何日も亨の部屋に行かないこともあった。もうこの生活は、限界なのかもしれない。そう思うこともあった。

だがある日、そんな憂慮を消し去る、刮目《かつもく》すべき事態に遭遇したのだ。

昼下がり。祥子は天井裏に潜んで、亨の部屋を観察していた。寝室で、女が子供を寝かしつけている。

愛くるしい寝顔の赤ちゃん。自分も彼女のように亨の子供を育て、抱きしめてみたい。そんな夢想をしていた時、チャイムの音がした。

「はーい」

小さな声でそう返すと、女は子供を静かにベビーベッドに寝かせ、玄関に向かった。誰かを招き入れている声がする。祥子は、リビングの穴を覗《のぞ》き込んだ。

来訪者は、見も知らぬ男性である。

年齢は四十歳くらいだろうか？　茶に染めた短髪に、浅黒い肌に薄く揃えた眉《まゆ》。趣味のよくない黒ジャケット。堅気ではない雰囲気を醸《かも》し出している。

女はコーヒーを出すと、ソファの客人の横に腰掛けた。最初は共通の知人の話題など、他愛のない世間話をしていたが、やがて客の男は、強引に女の身体を引き寄せた。

「だめよ。隣で子供が眠っているから」

構わず男は行為を続ける。唇をむさぼり、女の衣服を脱がし始めた。彼女も抵抗する様子はない。いや、むしろ受け入れているようだ。

祥子はのぞき穴から目を逸《そ》らし、ため息をついた。

最低の女だ。モラルのない女。妻という立場でありながら、別の男を連れ込み身体を許している。しかも、隣室には赤ちゃんがいるというのに。

しばらくすると、真下から聞こえていた生々しい行為の声が途絶えた。再びのぞき穴に、視線を転じる。

ソファの上には、行為の直後の二人がいる。男がくわえた煙草《たばこ》に火をつけようとすると、女が制した。

「やめて、子供が寝てるから」

「あ、そうか……前は自分も吸っていたのに。女は子供ができると変わるな」

そう言って苦笑すると、男は大人しく煙草をケースに戻した。

「それで何だよ、話って？」

「わかってるでしょ。いよいよ来たのよ。あなたに動いてもらう時が」

「その話か……。てっきり、あきらめたと思ってたよ」

「まさか、怖《お》じ気《け》づいたわけじゃないわよね」

「そういうわけじゃないが」

「今更後戻りはできないわ。あなたが言い出したことでしょ。私は何のために、あの男と結婚したのよ。好きでも何でもないのに。最低の男よ。この部屋にも、女を連れ込んでいるようだし……もう限界よ。一刻も早く、消えてもらいたいの。あの男に」

思わず祥子は、真下から聞こえてくる会話にわが耳を疑った。

「失敗したらどうするつもりだ」

「大丈夫。完璧な計画よ。失敗する理由が見当たらないわ。私たち二人のため。いや、あの子も一緒。私たち三人の未来の夢のために……」

彼女は意気揚々と、具体的な殺害方法や決行日などを話し始めた。どうやら彼女は、保険金目的で亨に近づいたようだ。そして、殺害の機会を虎視眈々《こしたんたん》と狙《ねら》っていたという。

二人の会話は、冗談の類ではないようだ。

どうしよう。

このままだと、亨が殺されてしまう。彼女らの計画を、阻止しなければ……。

こんな極悪な女と結婚してしまった亨は、愚かで仕方ない男である。やはり彼には、女性を見る目はなかったということだ。心のどこかで、いい気味だと思う自分もいる。

ここで祥子は、あることに気がついた。

そうだ。亨が生きるか死ぬか、その運命は今、自分が握っているんだ。今までに得たことのない優越感である。まるで神になったような気分だ。

祥子はゆっくりと、のぞき穴から視線を上げた。

私が愛した男は、ろくでもない悪女を選び、死の淵《ふち》にいる。

彼女の殺害計画を明らかにして、亨を救うべきなのか。それとも運命を変えず、彼に罰を与えるべきなのだろうか。いずれにせよそれを決めるのは、自分なのだ。


時刻は午後三時を回っていた。

初音は、腕のなかで乳を飲んでいるわが子の、栗色《くりいろ》の髪をそっと撫《な》でた。

夫は九時頃帰ってくると言った。いよいよ今日は、計画を実行する。

心なしか緊張している。なるべく平然と落ち着いていよう。感情的になっては失敗する。あの人がここに来るまで、悟られてはならない。

満腹になり、眠りについた遥人をベビーベッドに寝かして、初音は寝室を出た。ベランダに出て、洗濯物を取り込む。隣の児童公園では、学校帰りの子供たちが、サッカーボールを追いかけている。

リビングに戻って、取りこんだ衣類の整理を始める。ここ数日は雨が続いたので、洗濯物の量も多かった。夫の下着やシャツを見つめる。彼の衣類を畳むのも、今日で最後になるだろう。

そんなことを考えていると、突然ふと嫌な予感がよぎった。

忘れかけていた、あの感覚。この部屋に住み始めた頃に感じていた、言い知れぬ居心地の悪さ。不安感に心がざわつき出す。

遙人……。

遙人の顔が見たい。無性にわが子の顔が見たくなった。畳んだばかりの夫の靴下を手にしたまま、おもむろに立ち上がる。そして、隣室の戸を開けた。

ベビーベッドを見て、初音の顔面は蒼白《そうはく》となる。

遙人の姿がない。

愛くるしい顔で眠っているはずのわが子が、忽然《こつぜん》と消えている。

思わず、手にしていた洗濯物を落とす。身体中の血液が、抜け落ちてしまったかのような感覚。膝《ひざ》がガクガクと震えている。これは夢ではないのか？　そうであって欲しい。たちの悪い悪夢だと……。

「……遙人」

初音はそう呟くと、ベビーベッドの周囲を見回した。自分たちのベッドの下や、部屋の角《すみ》にでもいないか、必死に探した。

「遥人、遥人、遥人」

まるで、呪文《じゅもん》のように初音は叫び続けた。でも、わが子の姿はどこにもない。つい先ほど、この手でベビーベッドに寝かせたはずだった。ベランダにいる間に、その姿が忽然と消えてしまった。

生後三ヶ月の子供が、自力でベビーベッドから抜け出すわけがなかった。誰かが遥人を連れ去ったのだろうか？　だがドアは内鍵で施錠《せじょう》している。外から部屋に入るのは不可能なはずだ。

寝室を飛び出し、遥人の名を叫ぶ。

「遥人、遥人、遥人、遥人……」

あの生命力にあふれた泣き声は、どこからも聞こえてこない。初音の耳に届くのは、児童公園で遊ぶ子供たちの喧噪《けんそう》だけだ。

忽然と、わが子が消えた。目を背けたい現実に気を失いかけた……その瞬間、初音の視界に洗面所の扉が入った。

扉が開いている。

確か閉めた筈《はず》である。あわてて洗面所に駆け込む。そこで初音は、異様な物体を目の当たりにした。

浴室のなか、浴槽脇《わき》の洗い場に、煤《すす》けた脚立《きやたつ》が立っている。

なんでこんなものが……。唇がわなわなと震えた。恐る恐るなかに入ると、さらなる異変に気づく。

丁度脚立の真上にある、天井の一部のカバーが外され、人一人が入り込むことのできる穴が開いていた。これは一体、どういうことなのか？　混乱する初音の耳に、突如赤ん坊の泣き声が響いた。

遙人の声だ。

確かに聞こえている。幻聴ではない。しかも声は、この天井の穴から聞こえてくる。早く、遙人を助けないと。

反射的に初音は、脚立をかけ上った。天井裏に、身を投じる。彼女の視界に迫って来たのは、ダクトや配線が張り巡らされた未知の空間だった。

起き上がると頭をぶつけそうな、わずか五十センチほどのすき間。這《は》いつくばりながら、遙人の声がする方へと進む。ところどころ蜘蛛《くも》の巣が張っており、柱やダクトも劣化し、ひどく汚らしい。

かまわず、奥に進んでゆくと、浴室の穴からの光が届かない場所まで来た。周囲は闇《やみ》に包まれる。だがそんなことは関係ない。懸命に、わが子を求めて暗闇のなかを進んだ。

すると……。暗闇のなかに、ぼんやりと光っている一角が目に入った。遙人の声も、そこから聞こえている。あそこに遙人がいる。必死で、初音は光の方に進んだ。

柱やダクトの間をすり抜けて、その場所にたどりついた。

そこには誰もいなかった。確かに遙人の泣き声はするが、姿は見えない。

ライトで照らされた天井裏のひらけた空間。その一角に寝袋が置かれていた。散乱する弁当や菓子パンの包装紙などのゴミや、空のペットボトル。携帯用のトイレまである。

誰かがここにいた？　ここで生活していた？

背筋が凍り付きそうになった。

思わず息を呑《の》む。その瞬間、背後で人の気配がした。

振り返った。

身を屈《かが》めた、一人の女がいる。

それは……老婆《ろうば》だった。

やせ細った総白髪の老婆。髪は乱れ、肌は青白く血管が浮き出ている。節くれ立った二本の腕で遥人を抱いて、常軌を逸した目でこちらを見ていた。はだけた下着から片方だけ出した、しわくちゃの乳房を遥人の顔に押し当てている。

恐怖で気が遠くなりそうになった。

だがそんな感情を、必死に堪《こら》えた。

「やめて。遥人を返して」

そう叫ぶと初音は、老婆に飛びかかった。


玄関の鍵を回す。

金属的な鈍い音がして、扉が開いた。

大貫信彦《おおぬきのぶひこ》は、誰もいないはずの部屋の電気をつけた。リビングに入ると、上着を着たままソファに、力なく座り込んだ。

妻の初音は、まだ病院にいる。一昨日、天井裏で何者かに頭を殴打《おうだ》され、気を失った状態で発見された。

意識を取り戻した初音の証言によると、天井裏に潜んでいたのは老婆で、遥人を連れ去ったというのだ。現に、天井裏には何者かが生活していた形跡があった。老婆相手に若い初音の方がやられ、昏倒《こんとう》してしまったのも、場所的に分が悪かったということなのだろう。

この部屋の天井裏に、知らない女が住んでいた。その事実を知り、信彦は恐怖した。すぐにでも、ここから逃げ出したい気分だ。だが、捜査が一段落するまではそうもいかない。

遥人が誘拐されてから、初音の精神は不安定な状態になった。先ほど病院を訪れた時も、彼女はこうつめよった。

遙人が誘拐されたのは、全部信彦のせいであると……。

事件があった日、彼女は離婚を切り出す気でいたという。弁護士を部屋に呼んで、協議離婚の話し合いまで計画していた。彼女は自分のスマートフォンを盗み見したらしい。浮気のことを、全部知っていたのだ。

しかも初音は言った。信彦のことなど、出会った瞬間から今まで、これっぽっちも好きだと思ったことはなかったと。結婚したのは、子供が欲しかったからだ。それ相応の収入がある男なら、結婚相手は誰でもよかった。子供を作り、なるべく有利な形で離婚し、我が子と二人、自由に暮らしたかったのだと。

彼女は、自分から慰謝料と養育費を奪い取ろうとしていた……。妻の言葉に、衝撃を受ける。

信彦は両手で、激しく髪を掻《か》きむしった。

確かに浮気したのは事実だ。でも、無責任に聞こえるかもしれないが、ほんの火遊びのつもりだった。自分は妻も息子も愛していた。天井裏に潜んでいた老婆とは、縁もゆかりもない。だから、誘拐が自分のせいだというのは間違っている。

現に警察の調べでは、老婆は信彦が引っ越してくるずっと前から、ここに潜んでいたというのだ。そう、三十年も前の、このマンションが建った頃から……。

なぜ彼女は、遥人を連れ去ったのか？　その理由は定かではない。

警察によると、老婆の名は秋庭祥子。年齢は六十歳ということが判明している。しかし初音の証言では、八十歳以上にも見えたというのだ。長年の天井裏での生活が、老化を早めたのだろう。

現時点では、秋庭祥子と生後三ヶ月の遥人の行方はおろか、その手がかりすら見つかっていない。

可愛《かわい》らしい赤ちゃん。すやすやと、腕のなかで眠っている。最初はよく泣いていたが、次第に自分になついてきている。

夜の駅。人気のないホームで、赤ちゃんを抱いて祥子は座っていた。

彼女には、もはや時間の感覚がなかった。亨が死んだのは、もうどれぐらい前だろうか。

彼が殺されたあの日、祥子は天井裏から、その一部始終を見ていた。愛する人が無惨《むざん》にも刺殺される光景を、しっかりとこの目に焼き付けた。

祥子は亨を見殺しにしたのだ。

人生の全《すべ》てをかけて、愛した男。そして、自分をあっさりと裏切った男。保険金目的で、妻とその愛人に殺されるという彼の無惨な運命を、あえて変えようとはしなかった。

でも、最期《さいご》はしっかりと見届けておきたかった。

包丁で何度も刺された亨。血しぶきにまみれた、哀れな亨。可哀想な亨。

実行犯である男が逃げ出すと、祥子もすぐに部屋を出た。犯人と疑われたくはないからだ。自分の痕跡も全て消して、部屋から飛び出した。

でも、それは取り越し苦労だったようだ。あの女が豪語していたほど、完璧《かんぺき》な殺害計画ではなく、彼らの稚拙な犯罪は、すぐに白日のもとにさらされた。亭の妻と愛人の男は逮捕されたのだ。

事件後、しばらく祥子は自分のマンションで過ごしていた。だが、ほとぼりが冷めると、空室となったあの部屋に忍び込んだ。幸い鍵《かぎ》はまだ交換されていなかった。天井裏に侵入する。

亭はもういない。

でも、会えるような気がした。のぞき穴を覗くと、愛《いと》おしい彼が見えるような……。

それからまた、あの部屋への侵入をくり返すようになった。部屋の住人が変わっても、隙《すき》を見ては鍵を盗んでスペアキーを作り、天井裏に潜み続けた。

いつの間にか、信じられないほどの月日が流れた。

そして、この子を見て思った。あの時の、亭の赤ちゃんみたいだ。

寝室に降りてゆき、すやすやと眠っていたこの子を抱いた。離したくない。そう思った。気がついたら、天井裏に連れ去っていた。しかし、あの女に気づかれてしまった。

だから、逃げるしかなかった。

必死で逃げた。
これからは、この子とともに生きて行こう。
祥子は思った。やっと私は、亨の呪縛から逃れられるのかもしれない、と。
構内アナウンスがして、電車が入ってきた。
腕のなかの赤ちゃんを見る。
いつの間にか眼を覚まし、愛くるしい笑顔を祥子に向けていた。

杜《もり》の囚人

一日目――

起動。

オートフォーカスのピントが修正され、地面に落ちた枯葉が映し出される。画面の外から、地面を歩く音が近づいてきて、男物の茶色いカジュアルな靴がフレームイン。枯葉を踏みしめる。

「何、撮ってんだ？」

声をかけた男性の方へカメラが向けられる。画面に映った青年。小振りな革製のボストンバッグを持った、淡い水色のジャケット姿。髪を短く刈り揃《そろ》え、清潔な感じがする。

「何って、別に。この別荘にやってきた記念ってとこかな。それより、早く開けてよ、お兄ちゃん」

「わかった、わかった」

青年はスラックスのポケットから鍵《かぎ》を取り出し、玄関の鍵穴に差し込む。鳥のさえずりと遠くから波音が聞こえてくる。森に囲まれた二階建て、木造建築の別荘。中に入ってゆく二人。録画停止。

起動。

「え〜ここが、私たち兄妹《きょうだい》が今日から暮らす家です」

家の中を見渡すように撮影しながら、レポートする声がする。二十畳以上はある別荘の居間が見える。焦《こ》げ茶色の板張りの壁、木の床にはベージュで円形のシャギーラグが敷かれている。庭に面したベランダの前には、小豆色の革張りのソファセットがあり、奥のオープンキッチンの前には、真新しい木製のダイニングテーブルと二人分の椅子《いす》が置かれている。

階段から、誰かが、降りてくる足音がする。

「何だ美知瑠《みちる》、まだ撮ってんのか？」

美知瑠、居間にやってくる青年にカメラを向ける。

「私のお兄ちゃんの孝雄《たかお》です。年齢は三十一歳。独身。現在、彼女募集中です」

「彼女ぐらい、いますよ」

「本当!?」

「え〜初耳。誰、だれ、だれ？　相手は」

「秘密」

カメラに向かってそう言うと、ソファに向かう孝雄。その動きを美知瑠のカメラが追う。孝雄はソファに腰掛け、深呼吸しながら大きく背伸びする。

「でも、いいな。この家。静かで、なんかのんびり出来そうだ」

「そうね、波の音がするね」

「ああ」


夜になっている。ダイニングテーブルの椅子に腰掛け、食卓を囲んでいる孝雄と美知瑠。居間のサイドボードに置かれたカメラによって、撮影されている。美知瑠の容姿が、画面に初めて映る。美知瑠、白いシャツにジーンズ姿。長い髪を無造作に束ね、色白で化粧気はほとんどない。

無言で食事している孝雄と美知瑠。食卓の中央には、大きなガラスの器にきれいに盛られた鮪《マグロ》や鯛《タイ》、イカ。孝雄は刺身を箸《はし》でつつき、舌鼓《したつづみ》を打っている。

「やっぱり旨《うま》いな、魚」

「うん、この先にある漁港の市場で買ったの。春先は魚が一番おいしい時期なんだって」

「そうか、このイカなんか、東京で食べるのと、鮮度が違うな」

「よかった。お兄ちゃん、イカ好きだもんね」

「ああ」

「この別荘、来て良かったね」

旨そうにイカを頬張る孝雄。サイドボードに置かれたカメラの方を、ちらりと見る。

「まだ撮影してるの」

「え、うん」

「何で？　食事中だぞ」

「いいでしょ。趣味なんだから」

「飯食ってるとこなんか撮っても、面白くないだろ」

「確かにね」

美知瑠、箸を置いて立ち上がると、カメラの方にやってくる。カメラに手をやり、録画が止まった。

一階、孝雄の書斎兼寝室――。

書棚の陰から、八畳の和室をとらえた俯瞰《ふかん》気味の映像。

画面の上手、部屋の角《すみ》に置かれた文机《ふづくえ》に向かっている孝雄の背中が見える。グレイの真新しいパジャマに着替え、ノートパソコンのキーボードを熱心に叩《たた》いている。スタンドの灯《あか》りだけの薄暗い室内。孝雄の背後には、すでに一人分の布団《ふとん》が敷かれている。身動き一つせず、カタカタとキーボードを叩き続ける孝雄。かすかな波音も聞こえている。

二日目――

カメラが起動すると同時に、甲高い声で美知瑠が孝雄を呼ぶ声がする。

「お兄ちゃん、ちょっと来て……お兄ちゃん」

画面に映る別荘の庭。しばらく手入れされた様子がない。小さな公園ぐらいの広さはあるが、辺り一面に、雑草が生い茂っているため、奥に見える森との境界がよくわからない。

ベランダから孝雄が降りてくる。

「どうした？」

「庭の手入れしようと思ったら……これを見て」

自分の足下を指し示す美知瑠。と同時に、手に持っていたビデオカメラもその方向に向ける。

地面が映し出される。部分的に雑草が刈り取られ、土で汚れた灰色の石の一部が露出している。

「この石、雑草刈ってたら出てきたんだけど。お兄ちゃん、これ何だろ」

石の表面——所々、何か黒い飛沫《ひまつ》が、点状に付着している。

黙ったまま、地面の石をじっと見る孝雄。

「ねえ、お兄ちゃん。この黒いシミ。一体、何だと思う」

「さあ？」

カメラを地面に置き、その場に座り込む美知瑠。

「これって、血、じゃないかな」

「血？……まさか。どうして？」

美知瑠の背後に立ち、石をのぞき込む孝雄。美知瑠が言う。

「この飛び散り方、どうみても血でしょ」

「そうかな？　前の住人がこの庭で何か塗装していた時に付いた、ペンキか何かかもしれないだろ」

「そうかな……だといいけど」

突然、笑い出す孝雄。

「大丈夫だよ。気にするな」

美知瑠の肩越しにそう言うと、孝雄は笑いながら去って行った。美知瑠、再び地面に置いたカメラを手に取り、石を撮影する。表面に付着した、不気味なドス黒い飛沫。

この後、三分ほど、シミが付着した石の様子が撮影されており、録画停止。


三日目——

起動。

手持ちカメラ特有の小刻みに振動する映像。険しい竹藪《たけやぶ》の中を行くカメラ。草や落ち葉を踏みしめる音。

午前六時過ぎ、別荘の庭から通じている裏山の竹藪にやってきた美知瑠。初春の朝はとても肌寒く、吐く息も白い。竹林の間から海が見える。今日はあいにくの曇り空だが、海は比較的、穏やかな様子。

竹藪の中を進んでゆくと、突然、道が開けた。竹も樹木も生えていない森の広場。その一角につるべ式の古井戸がある。かつて、このあたりの住人によって使われていたであろう井戸。美知瑠は、カメラで古井戸の様子を撮影しながら、ゆっくりと近寄ってゆく。

つるべのロープは黒く変色している。古井戸の木蓋《きぶた》は苔《こけ》が生え、所々朽ちて欠けている。カメラを一旦《いったん》地面に置いて、両手で木蓋を持ち上げる。難なく動く様子。木蓋を外すとカメラを取り、井戸の中にレンズを向けた。

光量が足りず、オートフォーカスのピントがなかなか合わない。やっと合っても、井戸の底までは光が届いておらず、映っているのは井戸の縁だけである。録画を停止する。

録画再開。

別荘の居間――ダイニングテーブルの上に置かれたカメラに、朝食を摂《と》っている孝雄と美知瑠の様子が映されている。

「どう、お兄ちゃん。今日の朝食」

「ああ、おいしいよ。やっぱり食材が最高にいいな」

「少しは料理の腕も評価してよ」

「ああ、料理の腕もいいが、やっぱり食材がいい」

機嫌良さそうに、箸を進めている孝雄。ワカメが添えられたタケノコを旨そうに頬張っている。

「あ、そのタケノコ、さっき裏山の竹藪で採ってきたんだよ」

「ふ〜ん」

「どう、新鮮でしょ」

「ああ、こりこりの歯《は》応《ごた》えがたまらないな」

旨そうに、タケノコを味わう孝雄。そんな孝雄の様子を、笑顔で見ている美知瑠。

しばらく、二人の食事風景が映されている。

美知瑠が、低く神妙な声で言う。

「さっき、市場で変なこと言われた」

「何だ、変なことって」

「この家のこと……。変な事件があったって、知ってた？」

「変な事件？」

「前にこの家で、殺人事件があったんだって。それも、一度じゃなく、何度も」

突然、笑い始める孝雄。

「何笑ってんの」

しばらく、笑いが止まらない孝雄。

「お前さ、真剣に信じてんの」

「何が」

「何がって、この家で殺人事件が起こったとかいう話」

「真剣だよ」

「どこにでもあるよ、そんな根も葉もない噂《うわさ》」

「だったらいいけどさ」

「いい歳《とし》して、そんな噂話が怖いのか」

「いい歳してって、まだ二十代なんですけど」

「いい歳じゃないか」

笑いが止まらない孝雄。

カメラ起動。

裏山の古井戸——森の木々の間から見える空には、今にも降り出しそうな雨雲が広がっている。地面に置かれたカメラ。落ち葉や枯れ枝ごしに、美知瑠が古井戸をのぞき込んでいる様子が映されている。そこへ、

「何してるんだ」

竹藪の方から、孝雄がやってくる。

「うんちょっと。この井戸の水飲めるかなと思ってね」

「へえ、こんなところに井戸があったんだ」

美知瑠の隣に立ち、古井戸をのぞき込む孝雄。

「まだ、涸《か》れてないのかな」

「中は、暗くてよくわからない」

「そうか」

孝雄、落ちている石を拾い、中へ落とす。しばらくすると、ポチャンという水がはねる音が聞こえる。顔を見合わせ微笑《ほほえ》む二人。

「でも、まだこの井戸の水、飲めるかどうかわからないぞ。そのつるべ、まだ使えるかな」

「ここにバケツあるから、使って」

「ああ」

古井戸には不似合いな、真新しい金属製のバケツ。孝雄は、そのバケツをつるべに取り付けて、井戸の底へと垂らしてゆく。

そんな孝雄の様子をじっと見ている美知瑠。

「なんか懐《なつ》かしいね」

「何が」

「お兄ちゃん、覚えてる？　昔、おばあちゃんちにあった井戸で、よく遊んだよね」

「ああ、そうだな。懐かしいな」

「おばあちゃんちの井戸水、おいしかったね」

「ああ、旨かった。でもお前あの頃、小さかっただろ。よく覚えてたな」

「覚えてるよ」

「そうか……よし」

力を込めて、つるべを引き上げる孝雄。

井戸の水が汲《く》み上がる。つるべからバケツを外し、中をのぞき込む孝雄。

「腐ってないかな」

バケツの中には、透明なきれいな水が入っている。美知瑠もバケツの中をのぞき込んで言う。

「飲んでみたいな」

「大丈夫か」

「大丈夫だよ」

掌《てのひら》でバケツの水をすくい、口を付ける美知瑠。

「おいしい」

「そうか」

「お兄ちゃんも飲んでみれば」

「ああ」

美知瑠に促され、孝雄も、バケツの水を手に取り、一口なめる。

「ちょっと塩《しょ》っぱいかな」

「海の近くだもの」

「そうか」

「あ」

「どうした？」

「降ってきた」

二人の顔に、ぽつりぽつりと雨粒が落ちてくる。美知瑠、あわててカメラの方に駆け寄り、録画中断。

和室——孝雄の書斎兼寝室。

外から、雨音が聞こえている。夜、スタンド灯りの中、文机に向かいキーボードを叩いている孝雄を、書棚の陰から隠し撮りした映像。

しばらくして、部屋の外から、美知瑠の声がする。

「お兄ちゃん。ちょっといい」

キーボードを打つ手を止めて、居間に続く襖《ふすま》の方を見る孝雄。

「ああ」

襖が開き、何やら黒いファイルを持った、美知瑠が入ってくる。

「ごめん、仕事中だった」

「ああ」

「邪魔だったかしら」

「いいよ、別に。どうした」

「ちょっと見てもらいたいものがあって」

持っていた黒いファイルを開く美知瑠。透明なフォルダの中に、いくつか書籍や新聞記事のコピーが入っている。

「これなんだけど。今日さ、午後に近くの図書館に行ってきて、コピー取ってきた」

ファイルから、郷土史のコピーを一枚抜き取り、孝雄に渡す。

「この建物があった場所が、昔神社だったたって知ってた？」

「また、そんな話か」

「それでさ、更に調べてみると、やっぱりこの場所で幾つか事件が起こってたの。こっちの記事を見て」

ファイルから数枚の記事のコピーを取り出し、読み始める美知瑠。

「昭和十二年。この場所にあった神社の神主の妻が、家族全員を殺害。昭和三十七年、神社の一家が全員服毒自殺により死亡。昭和四十九年、当時の神主が、祝詞《のりと》を上げている最中に暴れ出し、近隣の農家の主婦を殺害。廃社されこの別荘が建ち、平成に入ってこの家を拠点とした新興宗教結社の教祖が……」

「もういい、やめろよ」

「お兄ちゃん。やっぱりこの家、何かおかしいよ。こんなに立て続けに事件が起こってるんだよ。絶対に何か変だよ」

無言のまま答えない孝雄。

「お兄ちゃん」

「だからどうしたんだ」

「お兄ちゃんはどう思うの。この家で何があったのか、知りたく……」

「うるさい!」

突然、声を荒らげる孝雄。立ち上がり、美知瑠の持っていた記事のコピーをつかみ取り、投げつける。

「いい加減にしろよ。やめろって言ってるだろ。そんな話、聞きたくない」

激昂《げっこう》し、美知瑠に怒声を浴びせる孝雄。美知瑠は反論する。

「なんでよ。なんで聞きたくないの。お兄ちゃん。やっぱり、この家で事件があったんだよ。恐ろしい殺人事件が、相次いで起こっている……。これはみんな本当にあったことなんだから」

「うるさい。やめろ! 仕事の邪魔だ。出て行け」

美知瑠の肩をつかみ、襖の方へと追いやる孝雄。

「早く出てけ、出てけよ」

孝雄の勢いに圧倒され、出てゆく美知瑠。襖を勢いよく閉めると、孝雄はその場に崩れ落ちた。頭を襖に押し当て、言葉にならない嗚咽《おえつ》が漏れ出す。

そんな孝雄の姿を、部屋に取り付けられた隠しカメラは、延々と録画している。


カメラ起動。

別荘の二階――美知瑠の部屋。八畳ぐらいの板張りの洋室。木製のシングルベッドがあるくらいで、家具の類《たぐい》は少ない。

録画ボタンを押し、机の上に置いたカメラの正面に座る美知瑠。その顔がアップで映し出される。相変わらず化粧気はない。無造作に一つに束ねた長い髪が、どこか薄幸そうな印象を醸《かも》し出している。カメラに向かって、低く小声で語り始める。

「本日の報告をします。映像の記録を開始すると同時に、私が彼の妹を演じ始めてから、三日間が経過しました。先ほど彼の部屋に赴き、この家で起こった数々の恐ろしい事件について資料を提示し追及したところ、途端に感情的になり、激昂しました。しかし彼は未《いま》だ、自分が翻訳家、丹羽《にわ》孝雄という人物であると頑《かたく》なに信じています」

デスクにあるノートに、何か書き込んでいる美知瑠。

「先ほどのやり取りはすべて、彼の部屋に隠したカメラで記録してあります。また、それ以外の彼の発言や行動も、逐一、ビデオカメラに収録、今後の裁判の重要な証拠になればと考えています」

淡々と、冷静にカメラに向かって述べている美知瑠。

「今日は大きな進展があったと言えるでしょう。事件のことを追及すると、彼は理性を失い、激しく感情を露《あら》わにしました。この事実は先生の仮説通り、記憶を無くした犯罪者に、事件当時の記憶を突きつけるという、ホメオパシー理論を精神医学に応用したある種のショック療法が、非常に効果的であることを証明しうる、貴重な証拠になったと思うのです。しかし、治療はまだ過程にすぎません。彼に事件の記憶を完全に取り戻させることが、今回の治療行為の目的なのですから。彼は未だ、この家で起こった事件のことは頑なに思い出そうとしません。でも私はあきらめません。私は絶対に、彼が越智修平《おちしゅうへい》であることを思い出させます。宗教儀式の一環と称して、常軌を逸した行為で信者らを死に追いやった、某宗教結社の教祖、越智修平であることを」

感情を押し殺しながら、淡々とレポートする美知瑠。

四日目——

居間のサイドボードに置かれたカメラ。画面の左端に、紫色のすみれが生けられた白い陶器の花瓶が映っている。その奥で、食卓を囲んでいる、美知瑠と孝雄が見える。美知瑠は、淡い黄色のカットソーにデニム地のスカート。孝雄は、アイロンのきいたダークブラウンのシャツに、スラックスという出《い》で立《た》ちである。雨は止《や》んでおり、窓から青空が覗《のぞ》いている。

「この塩辛、旨いな」

「これ、地元の漁師さんのお裾分《すそわ》け」

「そうか」

機嫌良く朝食を頬張っている孝雄に、美知瑠は声をかける。

「お兄ちゃん。昨日ごめんね」

「ああ、俺も怒鳴ったりして悪かったな」

「私が悪かったの。変な記事持ってきたりして」

小さく微笑む孝雄。ご飯を一口、口に運ぶと、おもむろに言う。

「なあ、美知瑠。お前はどう思うんだ」

「何が」

「この家のこと」

「うん」

少し美知瑠は考え込む。

「やっぱり、気味悪いと思う。私たちが暮らしているこの家で、相次いであんな悲惨な事件が起こっていたと思うと」

「そうか、やっぱりそうだよな」

そう言いながら、みそ汁を飲み干す孝雄。その後とりたてて重要な会話がないまま、朝食風景が九分ほど続く。

突如、絶叫する美知瑠。

朝食の時と同じ、サイドボードに置かれたカメラからのアングル。美知瑠がカメラの正面に立ちすくみ、両手で口を押さえて震えている。視線の先には、画面の左端に映っていた花瓶が粉々に砕けている。

「どうした！」

血相を変えた孝雄が、すぐに部屋から飛び出てくる。

「割れたの」

サイドボードの割れた花瓶を指し示す美知瑠。孝雄、花瓶の破片を見て言う。

「どうして割れたんだ？」

「部屋の掃除しようと思ったら、突然、パリンて音がして、目の前で割れたの」

ゆっくりと振り返り、美知瑠を見据える孝雄。

「本当か」

「本当よ」

美知瑠をじっと見ていた孝雄、ふとため息をついて、再び花瓶の方に向き直る。

「怪我《けが》は」

「大丈夫だけど」

素手で花瓶の破片を拾い集める孝雄。美知瑠が後ろから声をかける。

「気をつけてね」

「ああ」

注意深く、破片を拾う孝雄。破片の状態をじっと見ている。そんな孝雄の様子を、背後から観察するように見ている美知瑠。デジタルノイズが走り、画像が乱れる。

キッチンに置かれたカメラ。ダイニングテーブル越しに居間の全景が見える。ベランダから差し込む陽の光が、少し陰ってきている。

ぽつんとソファに座り、正面にあるサイドボードの方に視線を向けている孝雄。調理する美知瑠が、何度かカメラ前を横切る。孝雄は微動だにせず、花瓶があった場所を見つめている。

カーテンの隙間《すきま》から差し込む夕陽の残照が、光の帯を作り出している。短いデジタルノイズとともに画像が乱れる。


画面がまた切り替わる。

日が暮れている。黙々と食事している孝雄と美知瑠が映される。聞こえてくるのは、二人が煮魚をつつく際に生じる食器の音と、かすかに聞こえる潮騒《しおさい》のみである。

突然、孝雄が口を開く。

「本当にさ、あの花瓶勝手に割れたのか」

「え」

「お前が割ったんじゃないの」

詰問《きつもん》するような口調で、美知瑠に言う。

「疑うの？　私が嘘《うそ》ついてるっていうの？」

苛立《いらだ》ちを露わにする美知瑠。

「いや、そういう訳じゃないんだが、気味悪いじゃないか」

美知瑠の勢いに押され、口ごもる孝雄。ひと呼吸置くと、神妙な顔で言う。

「なんか変だよな」

「何が」

「この家、やっぱり変だよな」

「どうしてそう思うの」

「事件が立て続けに起こってたりさ、花瓶が勝手に割れたり……美知瑠はどう思う」

「どう思うって、私はずっと言ってるわ。この家、何かおかしいって」

「ああ、そうだな」

孝雄、美知瑠をじっと見据えて、何か言おうとする。

「美知瑠……」

「何」

「いいや、何でもない」

箸を手に取る孝雄。その後しばらく、二人の間にとりたてて会話らしい会話はない。

食事を終え、孝雄が自室に戻ったところで、画面、ブラックアウト。

起動。

深夜――美知瑠の部屋。デスクに置かれたカメラの映像。デスクスタンドの灯りだけがともっている。寝巻きがわりのベージュのスウェットに着替えた美知瑠、レンズの正面をじっと見て、深刻な表情で語り始める。

「進展がありましたので、ご報告します。本日、越智修平の人格が現れる兆候がありました。私が花瓶を割り、いわゆる超常現象を偽装したのですが、彼はそのことに非常に強く反応しました。越智修平はかつて、この別荘の場所にあった神社を、彼が唱える邪教信仰の拠点であり、言わば人智《じんち》を超えた〝大いなる悪意〟の集結点であると考えていました。信者ら関係者の証言によると、この地では、ポルターガイスト現象や心霊現象などが頻繁に起こっていたというのです。もちろん、私はそんな非科学的なことは信じていませんが、彼が今日、私が偽装した超常現象に強い反応を示したということは、今回の治療において、重要な意味があります。これは、越智修平の人格が戻りつつある兆候であると考えて間違いないでしょう。今回の治療の最終目的は、彼に本来の人格、越智修平であることを思い出させ、その罪を認めさせることにあります。越智修平を刑事裁判の場に出して、法の裁きを受けさせなければなりません。彼に殺された被害者のためにも」

五日目——

庭。

雑草が生い茂った地面に置かれたカメラ。レンズ前の草にピントが合っており、奥で熱心に草むしりしている美知瑠の後ろ姿はピンボケしている。

快晴。ジーンズ姿に麦わら帽子に軍手、時々首に巻いたタオルで額の汗をぬぐいながら、熱心に庭の手入れをしている美知瑠。土に根を張っている青い雑草は鎌《かま》で刈り取り、枯れ草は手で引き抜いている。刈り取った草は、傍らに置いた半透明のゴミ袋の中に……。カメラは延々、その単純作業を映している。数匹の蠅《はえ》が飛んできて、レンズの前を五月蠅《うるさ》く旋回しては、どこかに飛び去っていった。

突如、「よし」と独り言を呟《つぶや》くと、立ち上がる美知瑠。カメラを手に取り、草むしりしていた場所にレンズを向ける。

オートフォーカスが作動する。そこは数日前、黒いシミが付着した石を見つけた場所である。周囲の雑草はきれいに刈り取られており、幅五十センチほどの石の全貌《ぜんぼう》が出現している。

ズームレンズを使い、石に付着した黒いシミを丹念に撮影する。色々なサイズとアングルで石を撮ると、再びカメラを傍らの地面に置いた。違う場所の草むしりが始まった。カメラは黙々と作業を続ける美知瑠の、逞《たくま》しい後ろ姿を映し出している。そのまま二十分以上、同じアングルで草むしりしている様子が続き、録画停止。

起動。

ほぼ同じようなアングルで、草むしりしている美知瑠の様子が映されている。ただ先ほどとは違い、美知瑠の周囲の雑草は大分減っており、その分、ゴミ袋の数も増えている。懸命に、草むしりを続けている美知瑠。

十分ほど経過。美知瑠、ゆっくりと立ち上がり大きく深呼吸すると、カメラに向かって近寄ってくる。カメラを操作し、録画が中止された。

起動。

太陽が傾きかけている。

ベランダに立ち、庭の方を見ている孝雄。カメラの方に一瞥《いちべつ》もくれず、呟く。

「これは……」

立ちすくむ孝雄の視線の先に、カメラを向ける美知瑠。その先の光景が映し出される――。

庭一面、きれいに雑草が刈り取られている。中央に幅一メートル以上はある扁平《へんぺい》な大きな岩があり、その岩を中心に、大小さまざまな石が放射状に庭全体に並んでいた。まるでストーンサークルのような、古代の遺跡を彷彿《ほうふつ》とさせる光景。そしてそれらの石には何箇所も、あのおびただしい黒いシミが付着している。その飛沫の形はまさしく、血痕《けっこん》が飛び散ったようである。

「最初に私が見つけたあの石は、この一部に過ぎなかったの」

カメラを孝雄に向け、問いかける美知瑠。

「お兄ちゃん。これは一体なんだと思う」

質問には答えず、じっと庭を見ている孝雄。ちらりとカメラの方に目をやると、また視線を背けた。ぼそっと口を開く。

「祭祀場《さいしじょう》だ」

「なんでわかるの。これが祭祀場だって」

「わかるよ。石が規則的に、放射状に並べられている。明らかに自然に出来た物ではない。人工的に誰かが造った物だ。典型的な古代信仰後期の祭祀場を模して造られている」

「模して？　じゃあ、これは遺跡じゃないってこと」

「ああ、石が新しい。遺跡なんかじゃない」

「遺跡なんかじゃない……。どういうこと」

「きっと誰かが造ったんだよ」

「誰が、何のために」

「さあ、僕にはわからない」

美知瑠は、カメラを〝祭祀場〟に向け、孝雄に問いかける。

「じゃあ、あの黒いシミの飛沫は？　ここで何が行われていたの」

「だから言ってるだろ。わからないって」

孝雄は声を荒らげる。明らかに苛立っていた。構わずに美知瑠は言葉を続ける。

「どうしてわからないの、あなたは知っているはず。この場所で何が行われ……」

「うるさい!!」

怒りを目に露わにして、レンズを睨《にら》みつける孝雄。

「黙れ。いい加減にしろ。お前は、何を言ってる！　何がしたいんだ！」

答えない美知瑠。

「何でいつもいつもいつも、カメラ回しているんだ!!」

レンズを鷲掴《わしづか》みにする孝雄。小さく聞こえる美知瑠の悲鳴。美知瑠の手からカメラをもぎ取り、地面に叩き付ける。筐体《きょうたい》がきしむ鈍い音とともに、画像が乱れて録画が止まった。

黒み、一分三十秒。

起動。

美知瑠の部屋——カメラの前に立つ美知瑠。髪が乱れ、息が荒い。出窓から差し込む光の加減により、美知瑠の顔がいつにも増して青白く映っている。

呼吸を整え、ささやくような低い声で語り始めた。

「本日、一日がかりで庭の草を刈り、祭祀場を出現させました。越智修平の邪教信仰の中心となった祭祀場です。彼にそれを見せると、石の配列や付着した血痕など、当時の惨劇の様子を物語る生々しい光景に、強い衝撃を受けたようです。私が向けたカメラを地面に叩き付け、その場から立ち去りました。幸い、カメラは無事でした」

努めて、冷静に語ろうとする美知瑠。しかし、孝雄とのやりとりのショックが尾を引いているのか、声が震え始める。

「あの石が並べられた祭祀場は、越智修平が信者達を撲殺した場所でした。彼は悪魔への生贄《いけにえ》と称して、罪の無い人々の尊い命を奪い去って行ったのです。祭祀場の光景を目《ま》の当《あ》たりにして、その時の非道な行いが、彼の脳裏をよぎったのでしょう。私は彼を許せません。悪魔の名のもとに、非道の限りを尽くした越智修平を、決して……」

美知瑠の目が潤《うる》んでいる。話してゆくうちに、その語気は強くなってゆく。溜《た》まっていた涙が、瞳《ひとみ》からこぼれ落ちた。

「ごめんなさい」

溢《あふ》れ出てくる涙を、抑えきれない。机の上にあった白いハンカチを手に取り、涙をぬぐいながら泣きじゃくっている。

およそ二分が経過。落ち着きを取り戻した美知瑠は、再びカメラに向かって語り出す。

「取り乱したりして、申し訳ございませんでした。私はあくまでも彼の快復を最大の目的として、今回の治療に臨んでいます。そして、彼の犯罪性を立証するに足る、責任能力があったという事実を、必ず証明してみせます。それが一時でも越智修平を信じ、彼をサポートしていた私の責任なのですから。あともう少しです。非道な殺人を行った挙げ句、自らの心の闇《やみ》に逃走し丹羽孝雄という人格に逃げ込んだ越智修平を、本来の人格に戻し、正義の鉄槌《てっつい》を受けさせるまで」

決意の表情でカメラを見ている美知瑠。録画停止。

録画再開。

美知瑠の部屋の出窓から撮影された庭——

日没がせまっている。ぼんやりと画面に浮かび上がる庭と、放射状に石が敷き詰められた祭祀場。その一角に、じっと立ちすくんでいる孝雄の姿がある。ズーム機能が働き、孝雄の姿がアップで映し出される。一瞬、ピントがぼけるが、オートフォーカスがそれを修正する。孝雄、まるで能面のような表情の無い顔で、じっと祭祀場を見つめている。

居間——キッチンに置かれたカメラからの映像。

夜になっている。木製のテーブルに夕食の料理の皿を並べている美知瑠。孝雄の姿は無い。

隠しカメラの映像——孝雄の部屋。

文机の前に座っている孝雄の後ろ姿。ノートパソコンは閉じられている。カメラ位置からは、その表情はわからない。居間の方から、美知瑠の声がする。

「お兄ちゃん、ご飯出来たよう」

美知瑠の声が聞こえないのか、孝雄は微動だにしない。まるで凍り付いたように文机に目を落としたまま。

六日目——

起動。

祭祀場に向かってゆくカメラ。早朝の庭。鳥のさえずり。ストーンサークルのように、規則的に並べられた石。映像の中に人物は誰も映っていないが、カメラ脇《わき》から美知瑠の声が聞こえてくる。

「殺戮《さつりく》が行われた〝祭祀場〟と呼ばれる場所です。ここで沢山の信者が、尊い命を奪われました」

美知瑠は立ち止まると、放射状に敷かれた石にカメラを向けたまま、語り続ける。

「郷土史によると、この地は室町期に神社が建立《こんりゅう》される以前から、原始信仰の拠点であったといいます。飢饉《ききん》や天災などの災いから逃れるために、多くの人が生贄となり、屍《しかばね》と化したというのです。そう、この地には、生贄として無念のまま命を絶たれた、憎悪《ぞうお》や怨念《おんねん》といった負のエネルギーが封じ込められているのです」

カメラで庭を撮りながら、サークル中央の一番大きな扁平な岩に向かって歩き始める美知瑠。

「そして、越智修平はこの地に残る伝説を、自らが唱える邪教に悪用しました。伝説にある、この地に蔓延《はびこ》る大いなる悪意と怨念を、あたかも超常現象であるかのように喧伝《けんでん》し」

美知瑠、中央の岩の手前で立ち止まる。

「その証明として自分の信者を生贄に、この岩の上で撲殺、遺体をバラバラにして」

美知瑠のカメラ、裏山の鬱蒼《うっそう》と茂った竹藪の方に向けられる。

「裏山の古井戸の中に捨てたのです」

録画停止。

起動。

居間――ダイニングテーブルの上に置かれたカメラ。画面の奥に、キッチンで朝食の用意をしている美知瑠が見える。テーブルの上には、食器が並んでいる。

「あ〜腹減ったな」

そう言いながら、孝雄が画面に入ってくる。さっぱりとした純白のワイシャツ姿、髪も整えられている。美知瑠が、みそ汁をお椀《わん》によそいながら明るく声をかける。

「昨日、晩ご飯食べてないでしょ」

「ごめん、ごめん。ちょっと仕事で手が離せなくてさ」

テーブルにつく孝雄。

「いっぱい食べてね」

そう言いながら美知瑠は、盆に載せた二人分のご飯とみそ汁の椀を持ってきて、配《はい》膳《ぜん》する。

「今日は、鯵《アジ》のひらきか。旨《うま》そうだな」

「食べて食べて」

美知瑠も席につき、「いただきます」と手を合わせる。孝雄は箸《はし》で旨そうに、朝食を口に運んでいる。その様子をじっと見ている美知瑠。孝雄に声をかける。

「どう」

「ん、旨いよ」

「ご飯とみそ汁はどう」

「ああ、おいしい」

美知瑠は、微笑みながら言う。

「実はね、このご飯とおみそ汁。あの裏山の古井戸の水で作ったんだ」

箸を止める孝雄。美知瑠をじっと見る。笑顔のまま、孝雄の視線を受け止めている美知瑠。

しばらく無言のままの二人。まるで棒読みの舞台劇の台詞《せりふ》のように、孝雄の口が開く。

「そうか、どうりでいつもより旨いと思った」

表情を崩し、ひきつった笑顔で答える孝雄。

「でしょ」

微笑む美知瑠。


カメラが起動する。

美知瑠の部屋——デスクの上に置かれたカメラからの映像。力なく座り込む美知瑠。先ほどの孝雄に向けていた笑顔とは打って変わって、まるで死者のような、思い詰めた表情。カメラに向かって語りかけることなく、ただ座ったままである。

この後、無言のまま放心した美知瑠の様子が延々と撮影されており、十九分後、カメラに手を伸ばし、録画停止。

起動。

混沌《こんとん》とした画面。慌《あわ》ただしい足音。黒や茶、白にベージュ、複数の色が交錯する乱れた映像。何が映っているのかわからない。すぐに足音が止まり、ドアを開ける音がする。カメラは床に向けられており、今まで映っていたのは、美知瑠の部屋のカーペットだったことがわかる。

カメラは二階の廊下に出る。アングルが正面を向く。辺りは暗く、廊下の照明も消えている。カメラの設定が赤外線の暗視モードに切り替わる。

階段に向かって、うす暗い廊下を慎重に歩き出す。暗視モードなので、画面は色褪《いろあ》せているが、物の輪郭ははっきり浮き出ている。

階段を下り、一階の居間に着いた。深夜、誰もいない部屋。カメラはそのまま進んでゆき、庭へ出るベランダの前で止まる。カーテンは閉じられ、庭の様子はわからない。カメラ脇から手が伸びて、カーテンが少し開いた。カメラが庭の方に向けられる。

ベランダのガラス戸越しに、カメラがとらえた映像。

放射状に並べられた石の中心。手に持った榊《さかき》を大きく左右に振りながら、孝雄が何やら一心不乱に唱えている。窓が閉められているため声は聞こえない。

カメラはズームレンズを使い、鬼気迫った孝雄の表情をとらえる。しばらくすると、唇の動きは静止する。石の中心にある岩に向かって榊を掲げる孝雄。二度深く頭を下げると、丁寧に榊を岩の上に置き、じっと岩の方を見ている。そして、ゆっくりと目を閉じて、岩に向かって両手を合わせた。四、五分ほど合掌した後、孝雄は庭の奥の森の方に向かって歩き出す。

静かに、ベランダのガラス戸が開く。慎重に沓脱《くつぬ》ぎ石のサンダルを履きながら、カメラも外に出る。

庭にはすでに、孝雄の姿はない。奥の竹藪《たけやぶ》の方に歩いて行ったようだ。カメラは竹藪がある森の方に向かってゆく。美知瑠の押し殺した声が、フレームの外から聞こえてくる。

「ついに、彼が殺人者であることを物語る、決定的な瞬間の撮影に成功しました。先ほど、彼が庭で行っていたこと。それは紛れもなく〝儀式〟でした。なぜこんな夜遅くに一人で〝儀式〟を執り行っていたのか？　間違いありません。彼は越智修平の記憶を取り戻したのです。そうです。祭祀場の光景を見たことで、自分の犯行を思い出したに違いありません。自分が手を下したおぞましい惨劇の記憶を……そして今、彼はあの古井戸に向かっています。まるで自分の犯行を追体験するかの如《ごと》く」

森の中をゆくカメラは、孝雄が消えた竹藪に入ってゆく。周囲に灯《あか》りはなく、カメラに内蔵された簡易照明が、周辺の一、二メートルを照らしているだけ。その先は真っ暗で孝雄がいるかどうか、確認できない。かすかなカメラのライトを頼りに、竹藪の中を進む。

竹藪をかき分け、暗闇の中を突き進むカメラの映像。枯れ枝を踏みしめる音。時折、笹《ささ》の葉がレンズに当たる。しばらく進むと、あの古井戸がある場所が見えてきた。足を止め、その先の様子を竹藪越しに覗き込む。

暗視モードのカメラがとらえた、古井戸の様子。暗闇の中に、井戸だけがぽっかりと浮かび上がっている。辺りには孝雄の姿は無い。慎重に、古井戸の方へと歩き出す。

その時、

「美知瑠」

凍り付いたように、立ち止まる。ゆっくりと振り返った。後ろに、孝雄が立っている。

「何してる」

「何してるって、お兄ちゃんこそ、ここで何をしてるの」

問いかけに応じず、孝雄は無言のまま、井戸の方へと歩み寄って行く。孝雄の後ろ姿に向かって、更に美知瑠は言葉を投げる。

「思い出したんでしょ」

「何を」

「自分がここで何をしたか」

ゆっくりと振り返る孝雄。その顔からは、表情が失われている。

「お前は、何を言っている」

「あなたは誰なの」

今まで下に向けていたカメラを、孝雄の方に向ける。

「答えなさい。あなたは誰なの。思い出したんでしょう、一体自分が誰なのか？」

顔色一つ変わらない。じっと美知瑠を凝視している。

「あなたが悪魔の名を借りて、ここでどんな行いをしたのか、すべて洗いざらい思い出し、懺悔《ざんげ》するのよ」

「何を言ってる、美知瑠、僕は、僕は」

そう言うと孝雄は、ゆっくりと詰め寄ってきた。

「来ないで」

じわじわと美知瑠に迫り来る孝雄。いつの間にかその眼差《まなざ》しは血走り、常人の表情とは違っている。

「やはり悪魔は存在する。大いなる悪意の固まりとして、ここに蔓延《まんえん》している」

追い込まれ、古井戸の前で崩れ落ちた。孝雄は、美知瑠の首にゆっくりと手をかける。孝雄の手に力が込められる。

喉元《のどもと》に走る強烈な圧迫感。首に絡《から》み付いた指は離れることなく、一層その力が強まってくる。カメラを持つ手が、だらんと垂れ下がる。

画面は、古井戸脇の地面を映している。大写しされた枯葉に、孝雄の激しい息づかいと、美知瑠の苦悶《くもん》の声だけが聞こえる。

突然、野太い唸《うな》り声とともに、カメラが激しく揺れた。誰かが地面に倒れ込む音。カメラが向けられる。孝雄が倒れている。何度か咳《せ》き込みながら立ち上がると、美知瑠はその場から走り去った。

乱れるカメラの映像。森の中を必死で逃げる美知瑠。激しく振動する画面。竹藪と漆黒の空が入り乱れ、地面を踏みしめる音と、必死で走る息づかいが聞こえてくる。

しばらくして録画停止。

録画再開。

森の暗闇の中、まるで凍り付いたような表情の美知瑠が画面全体に映っている。襲われた恐怖から、身体《からだ》を震わせている。なんとか呼吸を整え、カメラに向かって語り始めた。

「ついに越智修平は、その本性を現しました。か、彼は……」

全身を支配する恐怖からか、うまく言葉が出ない。血走った目を大きく見開き、振り絞るように言葉を発する。

「私を、殺そうとしました。その一部始終はこのビデオに収められています。このビデオを見れば、一目瞭然《いちもくりょうぜん》です。こうやって彼は、殺人を犯していたのです。逃げまどう人間を、まるで狩を楽しむかのように……ようやく、彼は記憶を取り戻しました。自分の正体が丹羽孝雄ではなく、越智修平であることを……」

美知瑠の瞳に涙が滲《にじ》んでくる。カメラに向かって、必死で語りかける。

「でも私は今、自分の行動が愚かなものであったと悔いています。私は、越智修平に殺人鬼である記憶を取り戻させようと必死でした。彼を正当な裁判の場に立たせることが出来ればと、そのことばかり考えていたのです。でも、彼が越智修平の記憶を取り戻した時、一体どうなるのか？　彼は殺人鬼なのです。殺人鬼が殺人の記憶を取り戻したとき、何が起こるのか？　私は、私は、私は……」

突然、背後から何者かが美知瑠を襲う。カメラは放り出され、暗視モードの映像はあさっての方向に向く。抵抗する美知瑠の悲鳴。だが、十数秒後、その悲鳴も聞こえなくなる。画面は十分ほど、深夜の森と暗黒の空を映し出している。さざ波の音だけが、夜の闇に響いている。

黒み、一分四十秒。

七日目――

定点カメラ。

美知瑠の部屋を俯瞰《ふかん》でとらえた映像。朝の光が差し込み、鳥は騒々しいぐらいにさえずっている。

昨晩と同じ、スウェット姿でベッドに横たわっている美知瑠。しばらくすると目を覚まし、ゆっくりと起き上がる。ぼさぼさの頭をさすりながら、周囲を見渡す。階下から物音がする。思わず身構える美知瑠。ゆっくりと立ち上がり、カメラを持って階下へと下りてゆく。

美知瑠のカメラの映像。

ゆっくりと階段を降下してゆくと、次第に、階下の様子が見えてくる。居間では朝《あさ》餉《げ》の湯気が漂い、キッチンで孝雄が朝食の支度をしている。

「起きたか、美知瑠」

階段を下りてきた美知瑠に、孝雄はみそ汁の味見をしながら、話しかけてくる。

「何してるの」

そう言うと階段の下で立ち止まり、身構える美知瑠。

「今日は、お兄ちゃんが朝ご飯作ったから」

笑顔でそう答えると孝雄は、二人分の茶碗《ちゃわん》とみそ汁を盆に載せ、テーブルの方へ向かう。その場に立ちすくんでいる美知瑠に言う。

「座れよ、冷めないうちに食べよう」

孝雄に促され、食卓につく美知瑠。カメラもテーブルに置かれる。孝雄は、茶碗とみそ汁を配膳し、朝食の用意が調う。

「いただきます」

軽く手を合わせ、テーブルのベーコンエッグを頬張る孝雄。美知瑠は、箸も取らず、じっと孝雄の様子を見ている。視線を感じ、孝雄が言う。

「どうした、食べないのか」

睨みつけるように、孝雄を見ている美知瑠。

「調子、悪いのか」

美知瑠は答えない。孝雄は身をのり出して、美知瑠の顔をじっと見つめた。

「何か思い出したか」

その言葉を受けた途端、

「人殺し」

唾《つば》を吐きかけるかのように、美知瑠は孝雄に向かって言い放つ。

「お前人殺しなんだろ。越智修平」

孝雄、あきらめたようにため息をつくと、みそ汁をすすり始める。美知瑠の言葉は続く。

「人殺しのくせに、偉そうにとやかく言うんじゃねえ。越智修平、お前なんか、死ね死ね死ね死ね死ね死ね死ね死ね死ね死ね死ね……」

絶叫している美知瑠。孝雄は何事もなかったかのように、食事を続けている。

「死ね死ね死ねぇ！！！」

その場に美知瑠が、倒れ込んだ。カメラも、テーブルから床に転げ落ちる。床に落ちたカメラの映像。画面の端に、痙攣《けいれん》している美知瑠の姿が見える。孝雄がフレームに入ってくる。美知瑠に駆け寄り、画面、ブラックアウト。

起動。

美知瑠の部屋――

髪が乱れたままの青ざめた美知瑠が、呆然《ぼうぜん》とカメラを見つめている。

「ちょうど七日が経過しました。どうやら治療は振り出しに戻ったようです。彼は越智修平の記憶を取り戻すことなく、性懲《しょうこ》りもなくまだ私の兄を演じ続けています。決して私は彼を許しません。もしこのまま、治療が満足に進行せず、彼が自らを越智修平であると認めることなく、法の下で裁かれないとしたら、私が彼を裁きます。私は決して彼を許しません。誰に何と言われようが構いません。最悪の場合、私はそうする覚悟で、この場所に――」

録画停止。

孝雄の部屋。

隠しカメラの映像――

誰かと携帯電話で話している様子の孝雄。

「ええ、そうなんです。未《いま》だ私のことを〝越智修平〟であると思いこんでいるようで……今朝は私に罵詈《ばり》雑言《ぞうごん》を吐いて、勝手に意識を失いました。治療は思うような効果を上げていません。やはり私は憎い。憎くてたまらない。先生の指示通り、妹のように接するなんて、私には出来ない。私は昨夜、この手で本気で殺《あや》めようとしたんです。ええ、大丈夫です。なんとか途中で思いとどまりました。〝彼〟と暮らし始めて、七日間が経《た》ちましたが、先生、本音を言いますと、もう限界かもしれません。やっぱり私は、どうしても彼を許すことができない。彼を盲信的に崇拝していた信者であり伴《はん》侶《りょ》であった私の妹を殺した彼を……法の裁きから逃れたい一心で、自らが作り出した黒く深い心の闇に逃げ込み、自分は、妻であり私の妹、美知瑠であると思いこんでいる越智修平が、とてつもなく憎い。今すぐ殺してやりたい。自らを越智修平であると認めることなく、このまま法の下で裁かれないとしたら、私が彼を裁きます。私は決して彼を許しません。他人に何と言われようが構わない。私はそうする覚悟で、この場所にやってきたのですから」

電話している孝雄の背後に、いつのまにか立っている幽鬼のような美知瑠。手にはビデオカメラと出刃包丁が握りしめられている。

美知瑠のカメラの映像——

携帯電話を手に、誰かと話している孝雄の後ろ姿。不穏な空気を察し振り返る孝雄。

「何だ？」

カメラを畳の上に置くと、出刃包丁を孝雄に向ける美知瑠。野太い叫び声を上げて、孝雄に襲いかかる。とっさに携帯電話で払い、飛び退《の》く孝雄。すかさず、畳の上に落ちた出刃を拾おうとしている美知瑠に体当たりし馬乗りになる。ローアングルの画面、しばらくもみ合っている二人の男を映している。

美知瑠が、孝雄の首に手をかける。満身の力をこめて、孝雄の喉元をしめる美知瑠。呼吸できず、苦悶する孝雄。力を振り絞って、畳の上に落ちていた出刃を拾い上げると、美知瑠の胸に突き立てた。一瞬で、ベージュのスウェットに広がる鮮血。胸に突き立った出刃包丁を握りしめたまま、孝雄が鬼気迫る表情で言う。

「思い出せ、思い出せ、思い出せ、お前が一体、何をやったのか」

美知瑠の胸から流れ出る血は、スウェット全体に広がっている。美知瑠は、苦悶の表情を浮かべるわけでもなく、朦朧《もうろう》とした顔で孝雄を見ている。

「思い出せ、思い出すんだ。自分の罪を、思い出してくれ」

孝雄の呪文《じゅもん》のような言葉に、美知瑠の口がもぞもぞと動いた。

「え？　どうした？」

孝雄は出刃包丁から手を離し、鮮血にまみれた手でカメラを取り上げる。美知瑠の方に向けた。

「何か、思い出したのか」

ほとんど血の気は失《う》せ、まるで白蠟《はくろう》のような美知瑠。その目は、何かを悟りきったように、穏やかである。紫色に変色した唇が、ゆっくりと動く。

「私は……私は……この手で殺めた……つまを……」

上ずった声で、孝雄は問いただす。

「本当か！　本当に、思い出したのか？」

「……じんるいの……さいせいと……みらいのだいしょうとして……このてで、つまを……」

必死に何か言おうとしている美知瑠。だが、それ以上は聞き取れない。やがて唇の動きが止まった。

美知瑠が事切れたことを悟り、ふらふらと立ち上がる孝雄。包丁が突き立ったままの女装の男の亡骸《なきがら》をしばらく眺め、その場から立ち去ってゆく。

フレームから孝雄の姿は消え、画面に映されているのは、〝彼〟の亡骸のみである。

次の瞬間。孝雄が去った方向から悲鳴が轟《とどろ》き渡った。それと同時に、骨が砕ける鈍い音。何度か、孝雄の絶叫と、砕ける骨の音が折り重なって、やがて静寂。

二十数秒後、録画停止。画面、ブラックアウト。


リモコンの停止ボタンが押される。

照明が落とされたモニタールーム――

壁に取り付けられた五十インチほどのモニターを見ていた、二人の男。スーツ姿の白髪頭の男性が、リモコンをガラステーブルの上に置き、先に口を開いた。

「ここまで上手《うま》く行くとは、思いませんでした」

三人掛けソファの中央に座していた、もう一人の男。髪を短く切りそろえ、糊《のり》のきいたワイシャツを着た青年が、小さな笑みを浮かべている。

「でも最後のお義兄《にい》さんの悲鳴は、まずいですよね。〝先生〟、間違っても」

先生と呼ばれた白髪の男性が、青年の言葉を遮る。

「間違っても、最後のあの部分は表には出しませんので、ご安心下さい。〝彼〟の断末魔の告白が、裁判の重要な証拠として世に出るように致します。教義にのめり込み、自分は教祖であると思い込んだ信者。悪魔への生贄として、教祖の妻を殺害した。被疑者死亡ということで、裁判は終わるでしょう」

青年は穏やかな微笑《ほほえ》みを浮かべ、静かに先生の言葉に耳を傾けている。

「しかし考えましたね。盲目的な信者の人格を操り、あなたの身代わりに仕立て上げた。邪魔だった被害者の兄までも……」

「それ以上は言わないで下さい。あの信者はとても敬虔《けいけん》な人間だったのですから……」

「背格好といい、あなたによく似ていましたからね。女装していたので、美知瑠の兄も〝彼〟をあなただと思い込んでいた」

「〝彼〟にとって、一時でも私や私の妻になれたのは、本望だったと思いますよ」

そう言うと、青年の顔から笑みが消えた。途端に厳しい表情に変わる。凛《りん》とした気品を漂わせて、彼はこう続けた。

「全《すべ》ては、この愚かな人類のためなのですから。人類の再生と未来の代償として、私は……」

斯《か》くして、完全犯罪は遂行された

私は今、この目ではっきりと見ている。巧妙な仕掛けを施した、完全犯罪が完成した瞬間を……。

もっともこの完全犯罪という言葉、ミステリー小説などで使われる場合は、探偵や刑事によってその犯罪行為が解明されてしまうことがほとんどである。つまり「完全」ではない。新聞や雑誌の見出しに、「完全犯罪」という言葉が使われる時は百パーセント、犯罪行為が明らかになってからだ。矛盾していると思う。

私が企図し実行した犯罪は、このような不完全なものとは違う。決して明らかにされることはない。本当の意味での「完全」な犯罪なのだ。

＊

午後九時すぎ——。

最寄り駅で降りて、家路へと向かう。

ようやく春になり、大分暖かくなった。そして、春の訪れとともに、自分の新しい生活も始まっていた。通勤路の公園にある大きな池の畔《ほとり》を足早に抜けると、一棟の瀟《しょう》洒《しゃ》なマンションが見えてきた。一年前に建ったばかりの、高級賃貸マンションである。オートロックを解錠してエントランスに入る。エレベーターに乗り込み、八階に到着。部屋のドアを開けると、希和子《きわこ》が出迎えてくれた。

十日ほど前に越してきた、２ＬＤＫの部屋。家賃は二十万円以上と値は張るが、これまで私が暮らしていたマンションでは、二人が住むにはいささか狭い。月二十万もの出費は大きいが、幾分かは会社の経費で落とせるし、希和子と正式に結婚することになったら、一戸建てでも購入しようと思っている。

「お腹《なか》減ったでしょ。すぐにご飯出来るからね」

そう言うと希和子は、真新しいキッチンに入った。

終日ミーティングが続き、昼飯を食べ損ねていた。小さなIT関係の会社を経営しているが、数年前から開発を進めてきた新しい企画があたり、ここ最近はゆっくり休む暇もない。

希和子がフードプロセッサーの電源を入れた。キッチンカウンター越しに、彼女が私に声を掛ける。

「鰯《いわし》のつみれ汁。大好物だったでしょ」

「覚えててくれたの？」

「忘れるわけないよ」

希和子は、面映ゆいような笑みを浮かべた。そんな彼女の表情を見ると、脳裏に甘《あま》酸《ず》っぱい感覚が甦《よみがえ》ってくる。

SNS（ソーシャルネットワーキングサービス）を介して、希和子からの連絡が届いたのは、二ヶ月ほど前である。

学生時代、私は希和子と交際していた。彼女は同じ大学の一つ後輩であり、同棲《どうせい》していたこともあった。私にとって彼女は、大学生活の大切な思い出であり、別れてから片時も忘れたことはなかった。というのは大げさだが、いつも心の片隅のどこかに、彼女の存在があった。ほかの女性と交際しても希和子と比べてしまい、それが三十代半ばを過ぎても独身である理由の一つでもある。

彼女の容貌《ようぼう》は、とりたてて美しいわけではない。しかし、同年代の女性にはあまりない、落ち着いた物腰や、古風で一途《いちず》な感性に惹《ひ》かれていた。

ＳＮＳでしばらくやりとりしたあと、私たちは十五年ぶりに再会する。久しぶりに会った希和子は、記憶のなかの彼女と、ほとんど変わっていなかった。黒い髪。整った鼻筋。凛《りん》とした眼差《まなざ》し。それから私たちは頻繁に会うようになり、再び愛し合うようになった。

出来上がったばかりの、鰯のつみれ汁を口に運ぶ。

「どう？」

対面に座っている希和子が、私に聞く。

「うん、懐《なつ》かしい味。うまいよ」

「よかった」

ほっとしたように、彼女は笑った。

食事しながら、学生時代の話をする。希和子は懐かしそうに頷《うなず》いている。ここで暮らしはじめてからは、ほぼ毎日のように、思い出話に花が咲く。

話題は、現在の私の仕事の話に変わる。

「新しいクライアントが、順調に増えている。今期の売上げが去年の三倍以上になりそうなんだ」

「凄《すご》いね。会社経営って大変でしょ。そんな才能あったんだ」

「最初始めた時は、赤字続きで散々だったけど、最近、なんとか形になってきた」

希和子は熱心に、私の話に耳を傾けている。

正直に言うと、こうして彼女と生活をともにしているという事実を、未《いま》だ実感できない。だが、現実に希和子は目の前にいる。

十五年前、私と彼女が別れた理由――。

そこには、一人の男の存在があった。

倉田《くらた》ワタル。私のかつての親友。だが、私から希和子を奪いとったことで、生涯の仇敵《きゅうてき》とも言える存在に変わった。

ワタルは美大生で画家の卵だった。自ら〝天才〟を標榜《ひょうぼう》し、「芸術でこの世界に革命を起こす」とまで謳《うた》う、過剰な自信家だ。だがはっきり言って、取り立てて才能はなかったように思う。それは幼いころからの友人である、この私がよく知っていた。芸術に関しての才能は凡庸だったのだが、彼はそれ以外のある分野において、他人の追随を許さない特別な能力を有していた。

　それは女たらしだ。

　ワタルの外見はもっさりしていて、美男子と言うにはほど遠い。だが不思議と、女性にはよくもてた。いや、もてたというのは正確ではない。

　ある時、彼は告白した。催眠術まがいのやり方で、女性を虜《とりこ》にしているのだ、と。マインドコントロールのような方法を用い、時には薬物まで使用することもあるという。

　彼の手口はこうだ。自らをストイックな天才画家と謳い、モデルになって欲しいと女性を部屋に連れ込む。いかがわしい薬品を混入させた飲物を与え、口から出任せの奇妙な蘊蓄《うんちく》を駆使して、自分がいかに将来有望な芸術家であるかを誇示し、女性を誘惑する。

　中にはおかしいと気づき、逃げ帰る女性もいるが、結構上手《うま》く行くらしい。特に芸術かぶれの女子は、大概モノにできるという。

　その話を聞いた時、私は呆《あき》れかえってしまった。親友とは言え、そこまでして女性と関係を持ちたいと思っている彼に激しい嫌悪感《けんおかん》を抱いた。

「君は自分で〝天才〟を標榜しているが、天才なんかじゃない。芸術の価値を愚弄《ぐろう》する、最悪の〝俗物〟だよ」

私の言葉を聞いても、彼は特に反論しようとはしなかった。ただ、死んだ魚のような目で、薄ら笑いを浮かべていただけである。だからその時、彼の魔の手が希和子に及んでいるとは、夢にも思わなかったのだ。

あの日のことを、今でも決して忘れない。

大学をまもなく卒業するというころだった。一緒に飲もうとワタルから連絡が来た。彼のアトリエを訪れ、久しぶりに酒を酌《く》み交わすことになった。しばらく飲んでいると、話は今後の人生についてに及んだ。

私は地道な就職活動の甲斐《かい》あって、外資系のIT関係の企業に就職が決まっていた。ワタルはほとんど学校に行っていないらしく、アトリエで自堕落に暮らしていた。

「いつまでも、つまらない絵ばかり描いていないで、真剣に就職先を探してみたらどうだ」

ろくに返事もせず、ワタルは無言のままニヤニヤとしている。業《ごう》を煮やして、私は言った。

「いい加減自覚しろよ。お前には、才能が無いんだからさ」

突然ワタルの顔から、一切の薄ら笑いが消えた。怒ったのか？　彼は、目を大きく見開き、ギラギラとした目で私を見た。

「最高傑作を描いたんだ。見てくれ」

そう言うと彼は、一枚のキャンバスに掛けられていた白布を剝《は》いだ。

裸婦の絵だった。

両腕を大きく伸ばし、一糸まとわぬ姿を晒《さら》している女性。

黒い髪。整った鼻筋。凜とした眼差し。

まさか――。

「よく描けているだろ。素晴らしいとみんなが絶賛してくれる。これを見てもまだ君は、僕の才能を認めないのか？」

絵の中の裸婦。私は、ある部分を注視した。

陰部のすぐ際《きわ》に描かれた、紫色の小豆大の痣《あざ》。

その痣を、私は知っていた。

私はすぐに、希和子と暮らしていたアパートに戻り、彼女を問いただした。

最初は否定した。ワタルのアトリエに行ったこともなければ、モデルになったこともない、と。その言葉を信じたかった。しかし、彼女の目は澱《よど》んでいた。

私は激しく後悔した。確かに一度だけ、希和子をワタルに会わせたことがあった。三人で、喫茶店で話しただけだったが、あの時ワタルは、彼女に目をつけたのだろう。

しばらく根気よく話すと、希和子はワタルと関係を持ったことを告白した。それも一度ではないというのだ。私の与《あずか》り知らぬところで、頻繁に彼との逢瀬《おうせ》を重ねていた。

全《すべ》てを話し開き直ったのか、彼女は取り乱すことなく言った。

「申し訳ないと思ってる。でも、あなたは一人でも充分、生きていけるでしょ。ワタルは、私がいないと駄目になってしまうと思うんだ。だから……」

希和子は私と別れ、ワタルのもとへ行くという。

私は必死で希和子を諭した。あいつは君を騙《だま》している。あの男のもとに行けば、確実に不幸になる。彼は〝天才〟などではなく、女たらしのとんでもない〝俗物〟。いや〝愚物〟なのだ、と。

だが私の言葉を聞くと、希和子は一瞬、私をにらみつけた。そして居住まいを正し、凛とした目を向けて、こう言った。

「あなたは何もわかってないよ。彼は〝天才〟なんだよ。だからこそ、私は彼を助けてあげたいの」

時すでに遅かった。

彼女は身も心も、ワタルに囚《とら》われていたのだ。


大学を卒業してから何年か経《た》って、風の便りで、二人は結婚したと聞いた。

どうやらそれは、正常な結婚ではなかったようだ。

私の指摘通り、ワタルは画家としては大成しなかった。あんな男が描く絵など、評価されるはずなどない。彼は、希和子と結婚したあとも、自らを天才芸術家と謳い、多くの女性をたぶらかし続けた。関係を持った〝女性信奉者〟らと、いかがわしい宗教まがいの集団生活を続けているというのだ。希和子はその信奉者の中心的役割で、「正室」のようなポジションに就いているらしい。

そんな状態だったので、その後も彼女のことを気にかけていた。我ながら未練がましいとも思ったが、希和子に不幸が訪れるのではないかと、心配だったからだ。

ワタルのもとに乗り込んで、連れ戻そうと考えたこともあった。でも希和子が洗脳状態にあるならば、無意味な行為である。彼女自身がワタルの本性を悟り、眼を覚ますしかない。そう思い、半ばあきらめていた。

気がつくと、希和子が去って十五年の月日が過ぎていた。

だから、こうして彼女と暮らしていることは、私にとって奇跡のようなことなのだ。再会した時、彼女はこう言った。十五年経って、自分が深い洗脳状態に陥っていたことに、ようやく気がついた。まるで、悪い夢を見ているみたいだった、と。

ワタルが主宰していた集団は、現在、財政的にも多額の借金を抱え、崩壊寸前なのだという。これまでは、資産家の女性パトロンがいて、財政的な援助があったらしい。だが結局ワタルの化けの皮が剝がれ、たちまちアトリエは資金難に陥った。それでもワタルは放蕩《ほうとう》生活をやめず、借金が膨らんでいったという。信奉者だった女性のほとんどは、彼のもとを去って行った。

希和子はワタルの才能を信じて、なんとかその窮状を打開しようと努力した。銀行からの借入は、もう受けられない状態だったので、美術関係の出資会社や有力者にも、将来有望なアーティストだからと融資を掛け合った。だが、結果は芳《かんば》しいものではなかった。

「やっと気がついたの。このままワタルと生活を続けるということは、自分自身を破滅させるのに等しい行為だと。全部、あなたの言う通りだった」

結局、希和子は限界を感じて、私のもとに戻って来た。

忠告を聞いていれば、こんなことにならなかったと、とやかく言うつもりはない。ただ、眼を覚ましてくれて本当によかったと、心底思っている。

十五年前、私はワタルを激しく憎悪《ぞうお》した。希和子を奪い取られた……。その裏切りで、彼は私にとって、憎んでも憎みきれない生涯の仇敵に変貌した。

と同時に、希和子のことも激しく憎んだ。

私のもとを去って行った女。あの男の本質を見抜くことができない愚かな女。ワタルとともに、破滅してしまえばいい。そんな風にさえ思うこともあった。

だがそれも、時間が解決した。十五年という時間が、私の心にあった、怨恨《えんこん》の塊を融解してくれた。

食事が終わり、希和子が食器を片付け始めた。

私も手伝おうと立ち上がるが、

「あなたはいいのよ、ゆっくりしていて。お願い。家事は全部、私にやらせて」

優しい笑顔で、私を制した。

再び腰を下ろし、希和子が淹《い》れてくれた熱いほうじ茶をすする。身体《からだ》がほてり、気分が高揚する。心地よい至福の感慨。もう会えないかもしれないと思っていた。そんな彼女と私は今、生活をともにしている。

キッチンカウンターの向こうで、希和子が言った。

「お風呂《ふろ》沸いてるよ。入る?」

＊

食器を洗い終えた。

真新しい布巾《ふきん》を手に取り、茶碗《ちゃわん》や皿を拭《ふ》き始める。

あの男は今、風呂に入っている。

心の奥底に張った緊張の糸を、決して緩めてはならない。今の段階で勘付かれたら、元も子もない。

この部屋で暮らすようになって、十日になる。陳腐な夫婦ごっこは、正直言うとつらい。だが、今は我慢するしかない。

確かに、彼とは交際していた時期があった。しかしそれは私の人生にとって、大して意味のある出来事ではない。唯一《ゆいいつ》、あの男と付き合った事実に意義を見出《みいだ》すとしたら、それは、ワタルと巡り会うきっかけを作ったということぐらいだろう。

ワタルとの出会いは衝撃的だった。

世の中というのは、斯《か》くもつまらないものなのかと、うんざりしていた私の人生観を百八十度変えてくれたからだ。

あの男は、ワタルの価値がわからないと宣《のたま》う可哀想《かわいそう》な人間だ。もちろん、そういったことを理解する感性や才能がないことは、仕方のないことだと思う。生まれつきそうなのだろう。しかし、だからと言って、ワタルを蔑《さげす》む権利はない。本来なら、彼の前に土下座でもして「私はあなたの芸術が理解出来ない、愚かな男なのです」と、許しを請《こ》うべきなのだ。

会社の売上げがどうの、クライアントがどうの、などの話をされると、虫唾《むしず》が走る。拝金主義の哀れな男。芸術で世界を変える才能を秘めた、偉大なるワタルの爪《つめ》の垢《あか》でも煎《せん》じて、飲んでもらいたい。

だが、今ここでそういった感情を、おくびにも出してはいけない。あくまでも私は、夫から逃げ出した、可哀想な元カノなのだ。

不本意ながらもあの男の前では、ワタルを完全に否定し「心はあなたにある」と演じ続けなければならない。

なぜなら、
私はある覚悟のもとに、ここにやってきたからだ。
だから今は決して、本心を悟られてはならない。

＊

希和子の下着を剝ぐ。

内股《うちもも》の紫色の痣が、露《あら》わとなる。かつては裏切りの象徴だった。しかし、そんな感情も今は、懐かしい思い出に変わった。

洗濯したばかりの清潔なシーツの上で、希和子を抱く。

行為のあと、しばらく黙ったまま抱きしめていると、ぼそりと彼女が呟《つぶや》いた。

「本当に私、どうかしてた……」

小さくため息をつくと、彼女は天井を見上げたまま、言葉を続ける。

「きっと見えなくなっていたんだ。自分自身が……。こんなにも、私のことを大事にしてくれる人がいたのにね」

照れ臭くなって、私は思わず視線を外す。

「今思うと不思議なんだ。あんな愚かな男の虜になってしまっていたなんて。きっと私は何年もの間、あの男に〝洗脳〟されていたんだと思う。今になって、ようやくそのことが分かった……」

一緒に暮らしはじめてから、ワタルの話が会話に上ることはなかった。私はなるべく触れないようにしていたし、彼女も思い出したくないのだろう。でも希和子の方から、ワタルの話を語り出した。

「あの男は、女性をたぶらかす天才なんだ。今もまだ、彼のところには洗脳された女性が一人いるのよ。盲目的にワタルを信じ、全てを捧《ささ》げたいと思っている女性が……。私は何とか自分で気がついて、逃げ出すことができた。十五年もかかったけど」

希和子は、潤《うる》んだ目を私に向けた。

「ごめんね」

「ん？」

「あなたを裏切って、出て行ったのに……」

「もういいよ」

そう言うと、希和子の漆黒の髪を撫《な》でた。

「僕たちの空白の十五年は、お互いの試練だったと思うことにしよう。これからの人生は、二人を隔てていた時間を取り戻すためにある」

「そうだね」

彼女は、私の肩に頬を寄せた。

＊

あの男は寝息をたてて、ぐっすりと眠っている。

肩に回っている彼の腕を外し、浴室へ向かう。

熱いシャワーを浴びて、汚《けが》された身体を浄化する。あの男に抱かれるのは、やはり抵抗がある。かなり不快ではあるが、目的のためならば致し方ない。

料理やお茶に混入させた薬は、効いているのだろうか？　まだ、その兆候は現れていないようだ。

時折無性に怖くなり、落ち込むことがある。でも、ワタルのことを思い返し、自らを奮い立たせる。躊躇《ちゅうちょ》している場合ではない。

目的をやり遂げ、あの女よりも私の方が、価値があるということを証明しなければならない。

紫音《しおん》という女。

いつもワタルの傍らに侍《はべ》っている、愚鈍な女である。

さっき彼女のことを、「盲目的にワタルを信じ、全てを捧げたいと思っている女性」と言ったが、それは間違いだ。紫音は決して、彼に全てを捧げたいとは思っていない。

彼女は私のように、ワタルのために勇気ある行動をとることなど、出来るはずがない。

私が、この場所にやってきた理由。

それは――。

あの男を抹消することである。決して暴《あば》かれることのない、完全犯罪によって。

結果的に解明されるような、不完全な犯罪であってはならない。私の目的は、ワタルが企図した通りに行動し、犯罪を遂行すること。

そのために、何の価値も見出せないあの男に近づき、ここで暮らしはじめたのだ。

いや違う。あの男にも存在意義はあった。

それは、これから私が行う完全犯罪において、あの男が最も重要なキャストであるということだ。

あんなつまらない男にも、存在する価値はあるのだから、世の中うまくできている。

＊

些細《ささい》なことで、希和子と諍《いさか》いがあった。

早朝、彼女より早く起床し、喜んでもらおうと私が朝食の用意をしたのだが、どうやら、それが気に入らなかったようだ。

彼女は目覚めると、テーブルに並んでいる焼き魚などの料理を見て、途端に不機嫌になった。

「言ったよね。家事は全部、私がするって」

「たまにはいいだろ。君は休んでいれば。今日は午前中、ミーティングが入ってないし。ゆっくりできるから」

「料理が気に入らないの？　だったらはっきり言って」

「いや。そういう訳じゃないよ」

「じゃあ一体どういうこと……私は、ここで何をすればいいの。何のために、この部屋にいるのよ。私の存在意義は何なのよ。あなた、私を信用してないんでしょ」

もの凄い剣幕で、彼女は私に詰め寄ってくる。

「よかれと思ってやったんだ。そんなに怒ることないだろ」

「あなたはわかってない。昔からそうだった。そうやっていい人ぶって、相手のためだからとか言って、好意を押しつけるの。そういうところが嫌だった」

「別に好意を押しつけているつもりはない。嫌だったら食べなければいいじゃないか」

私は苛立《いらだ》ち、思わず怒鳴りつけた。希和子は下を向いたまま、黙り込んでいる。用意した朝食を置き去りにして、部屋を出た。マンションのエントランスを飛び出して、駆け足で駅へと向かう。

公園の大池の畔で足を止めた。私が来ると、うじゃうじゃと餌《えさ》を求める錦鯉《にしきごい》が近寄ってくる。飛び跳ねている錦鯉を眺めながら、少し頭を冷やす。

彼女は十五年間も洗脳され、正常とは言えない状況で生活していたのだ。精神的に不安定になることは、仕方ないことだ。私がもっと大人になって、受け止めなければならなかった。大いに反省する。

オフィスに着くと、途端に心配になった。仕事の合間を縫って、希和子の携帯に何度かメールを送る。返信はない。嫌な予感が脳裏をよぎる。もしや、彼女はまた私のもとから去ってしまったのか。そう思うと、気が気でなかった。部屋に電話してみたが、誰も出ない。希和子のことで頭がいっぱいになり、仕事が手につかなくなった。仕事の予定を全てキャンセルして、早めに帰宅することにした。まだ陽があるうちに、マンションに到着する。エレベーターに駆け込み、八階へ。

不安にかられ、部屋のドアを開けた。

「今日は早かったんだね。すぐに支度するから待ってて」

希和子は、いつもと変わらぬ笑顔で出迎えてくれた。ほっと胸をなで下ろす。彼女は言う。

「ごめんなさい。朝のこと……。私、どうかしてた。せっかく、ご飯作ってくれたのにね」

「僕の方こそ、感情的になってすまない」

「おいしかったよ。あなたが作ってくれた朝ご飯」

「食べてくれたの？」

「ええ、もちろん」

希和子は、満面の笑みを私に向けた。

その時私は、心の底から実感した。

もう、彼女を失いたくない。

絶対に。

＊

スープを口に含む。

香草の鮮烈な香りが鼻腔《びこう》に広がる。紫音が作ってくれた薬膳《やくぜん》スープ。絶品である。

アトリエで、紫音と二人きりの朝食――。

まるで、西洋の絵画から抜け出してきたかのような女性である。日本人離れしたフェイス。肩まで伸びた、艶《つや》のある髪。すらりとした体軀《たいく》。

紫音と食卓を囲みながら、ふと妻のことに思いを馳《は》せる。

希和子が滞りなく計画を遂行しているかどうか、今は知る術《すべ》はない。しかし、彼女のことである。何としてでも、やり遂げてくれると信じている。従順な妻である。決して背くことのない……。

時折、不思議に思うことがある。人の精神はなぜ、いとも簡単に支配されてしまうのだろうか？　私の妻たちのように……。

そう思いふとダイニングテーブルの正面に視線を送ると、紫音が澄みきった目で私を見ていた。

＊

あれから時折、希和子の精神状態が不安定になるようになった。突然、私に突っかかるような言動をとるのだ。

普段は落ち着きがあり、気配りのできる優しい女性なのだが、突如として錯乱し、感情をぶつけてくる。彼女の中にまるで二人の人間がいるみたいだ。

希和子がそのような状態になっても、私は我慢した。なるべく感情を抑えて、怒りを露わにしないように努めた。

その反動なのだろうか。ここ最近、妙に苛立つことが多くなった。仕事をしていても、クライアントの上から目線の態度が鼻につき、部下の些細なミスにも無性に腹が立つ。通勤途中に駅のホームを歩いていても、他人に進行方向を遮られると、怒りを覚えた。

体調もあまり芳しくない。食欲もなく、すぐに疲れがたまる。

長い休暇をとって、旅行にでも行こうかと思う。希和子と二人きりで。お互いの心の治癒のためにも。

彼女の様子は、悪化の一途を辿《たど》っている。

情緒不安定な状態は相変わらず続き、家事もまともにしなくなった。引越し当初は、部屋もきれいだったのだが、今は掃除もほとんどしていない。キッチンには洗い物がたまり、生ゴミも出していないので、部屋中に悪臭が漂っている。

私が手を出すと、この前のように怒り出すかもしれないので、片付けることも出来ない。

料理も手を抜くようになった。この前の夕食は、茹《ゆ》でたジャガイモ三個だけだった。文句を言おうかと思ったが、我慢して食べた。

何とかしなければならないと思う。このままでは、私たちの生活は、破綻《はたん》を来《きた》してしまうだろう。病院に連れて行った方が、いいのかもしれない。

とんでもないことをした。自分の愚かさに、頭がどうにかなりそうだ。

夕食後のことである。希和子の様子を見はからって、病院に行くようにうながしたのだが、その途端、

「私をさらし者にする気なんでしょ。ふざけないでよ」

と彼女は激高した。

私は感情を抑え、じっと黙り込んだ。彼女の気持ちが昂《たか》ぶっているときに、下手に言葉を返すと、この前のようになる。

しかし、それがさらに彼女を逆上させたようだ。

「黙ってないで、何か言ってよ。答えてよ。ねえ、私のどこが悪いの。ねえ、言いなさいよ」

容赦なく、私に詰め寄ってきた。

「馬鹿《ばか》にするのも、いい加減にして。あなたには、私を大事にしようという気持ちがあるとは到底思えない……折角、あなたのために、戻ってきてあげたのに」

〈戻ってきてあげた……?〉

吐き捨てるように言った彼女の言葉。それを聞いた途端、抑制していたものが弾《はじ》け飛んだ。怒りがこみ上げてくる。今まで封じ込めていた感情が、一気に解き放たれた。

「別に、僕が戻ってきてくれと、頼んだわけじゃない」

思わず立ち上がり、希和子に近づく。

「だったら、とっとと帰ればいいじゃないか。帰れよ。あの男のところへ、とっとと帰れよ」

彼女は何も答えなかった。ただ、私を侮蔑《ぶべつ》するような目で睨《にら》みつけた。

抑えきれなかった。

身体の内側から湧《わ》き上がる怒りが、増幅する。

反射的に、手が上がった。


希和子を殴ってしまった。

激しく後悔する。なんで、あんなことをしてしまったのか？

彼女はこう言った。

〈折角、あなたのために、戻ってきてあげたのに〉

それが彼女の本心なのだろうか？　そう思いたくない。よしんば、それが彼女の本心だったとしても、別れたくない。どんなに罵《ののし》られようが、私は希和子と暮らしていきたい。

彼女は、ひどい洗脳の後遺症に苛《さいな》まれているのだ。いつか、もとの状態に戻る日が来る。その時まで根気よく、待ち続けるしかない。

今日、また希和子を殴った。

一発だけではなかった。何度も、何度も。殴られても、殴られても、彼女は私を罵《ば》倒《とう》し続けた。自分の内部から湧き上がってくる暴力衝動に、うち震える。

このまま暮らしていると、私たちは崩壊するかもしれない。

それでも……。

やはり、私は希和子を手放したくない。なんとしても、彼女を自分のものにしたい。

身も心も。

完全に。

＊

ドレッサーの鏡に、自分の顔を映す。

あの男に殴られた顔。口の端に血が滲《にじ》み、頬の痣が色濃く浮き出てきている。

スマートフォンのカメラで、痣の写真を撮る。

明日は病院に行き、医師の診断書をもらう。その足で市の健康センターに赴き、DV（ドメスティック・バイオレンス）の相談窓口に行こう。

証拠は全部揃《そろ》っている。これで、彼が日常的に私に暴行を加えているという事実は、公的に記録される。

薬も効いてきているようだ。計画は、滞りなく進んでいる。ここ最近は、恐怖感も薄らいできた。目的を遂行することだけを考える。もう覚悟は出来ている。

全て、上手く行くだろう。

目的が達成されれば、ワタルは実感するはずだ。本当に彼にとって、価値があるのは、紫音などではなく、私であることを。

＊

なぜ人の心は、斯くも簡単に支配されてしまうのだろうか？

ある心理学者は、こう言った。

もともと、人間は支配されやすい生物である。いや、何かに支配されないと、生きていけないのだ。家族、学校、会社、国家……私たちは、この社会というシステムに「洗脳」され続けることによって、生存が可能となるのだ、と。

だから「洗脳」という行為は、さほど難しいものではない。手法さえ心得ていれば、人間の精神は容易《たやす》くコントロールすることができる。

人の心を巧妙に操ることによって、私は今回の完全犯罪のシナリオを練り上げた。寸分の狂いもあってはならない。わずかな綻《ほころ》びやミスが生じると、この計画は途端に瓦解《がかい》してしまうからだ。

一抹の不安が頭をよぎる。彼女は、私が綿密に企図した通りに、行動しているのだろうか？

そして彼は……。

完全犯罪が完成するその時まで、決して気を抜いてはいけない。

そして一刻も早く、私はその瞬間が見たい。

＊

このところ体調が優れない。食欲はさらに減退し、すぐに疲れてしまうようになった。

あれから希和子とは、何事もなかったかのように、生活を続けている。

あんなひどい暴力を振るったのに、彼女は出て行こうとはしない。それどころか、体調が芳しくない私を、献身的に気遣ってくれる。感情が昂ぶっているときと比べると、本当に別人のようである。この前は、体調不良の特効薬だという栄養剤を買ってきて、飲ませてくれた。

希和子の真意がわからない。

一体、彼女は何を考えているのだろうか？

＊

あの男は、ぐっすりと眠っている。

寝室を抜け出して、リビングに行く。散らかっている部屋を掃除する。

キッチンにも入り一通り片付けを終えると、包丁を取り出す。あらかじめ買っておいた電動の研ぎ器で、丹念に包丁を研ぐ。

決行の時は近づいている。

＊

あれは夢だったのだろうか？　それとも、現実の出来事だったのか？

昨夜眠っている時、急に苦しくなった。呼吸が止まりそうで、ベッドの上でもがき苦しんだ。朦朧《もうろう》とした意識のまま、私は見た。

暗闇《くらやみ》のなかで、誰かが私に覆《おお》い被《かぶ》さっている。

希和子だ。

希和子が、私の首を絞めている。

このままだと、殺されてしまう。私は渾身《こんしん》の力を振り絞って、彼女の腕を振り払った。

激しくむせ返る。意識が遠のき、記憶はそこで途絶えた。

目覚めると、希和子はベッドにはいなかった。

起き上がって、ドレッサーに向かう。鏡の前に屈《かが》んで、自分の首筋を映す。

はっきりと、赤いまだらの指の形の痣が付いている。

やはり、夢ではなかった。

これで彼女の目的がはっきりした。私を殺そうとしているのだ。俄《にわか》には信じられないが、疑いようのない事実なのだ。

そう言えば、思い当たる節がある。私の体調がおかしくなったのは、希和子と暮らし始めてからだ。料理は全部、彼女が作っている。食事に何かおかしな薬を、混ぜているのではないか？　この前飲まされた栄養剤も怪しい。

彼女が近づいてきたのも、私の命を断つことが目的だったのだ。この部屋で暮らしはじめたのも、殺害の機会を狙《ねら》っているからかもしれない。

だが、一体なぜ希和子は、そんなことをするのだろう。

私は心から彼女を愛している。それは、神に誓って言える。これからの人生を、希和子のために生きても構わないとさえ考えている。恨まれる理由は、何一つ思い当たらない。

だが、希和子が私を殺そうとしていることは、間違いない。この首の痣が物語っている。このまま彼女と暮らしていると、自分の命はないだろう。

警察に行くべきか？

いや、それはできない。事を荒立てて、彼女を傷つけることは避けたい。それに何より、希和子は私の恋人なのだ。殺意の理由を問いただし、彼女を思いとどまらせることが、私の責務なのではないか。

ドアの向こうから、物音が聞こえてきた。

私の足は自然に寝室を出て、リビングへと向かっていた。

部屋はきれいに整頓《せいとん》され、見違えるように掃除されていた。

テーブルの上には、卵焼きや海藻サラダなどの朝食が並んでいる。

キッチンカウンター越しに、調理台に向かって葱《ねぎ》を刻んでいる希和子の姿が見えた。

私に気がつくと、彼女は爽《さわ》やかな笑顔を向けて声をかけてくる。

「おはよう。今お味噌汁《みそしる》つけるからね」

私はなるべく、感情を押し殺して言う。

「ちょっと、話があるんだけど」

「どうしたの？」

「これを見てよ。この首の痣」

キッチンカウンターに近寄り、首筋の痣がよく見えるように、着ていたスウェットの首元をめくる。

「君が僕の首を絞めた。間違いないよね」

その瞬間、希和子の表情が変化した。

「どうしてなんだ？　なぜ君は、こんなことをするんだ」

私の目から視線をそらす希和子。俯《うつむ》いたまま黙り込んでしまった。

「答えてくれ。僕は一体なぜ、君に殺されかけたのか？　理解できない。この十五年もの間、僕は片時も君のことを忘れはしなかった。ワタルに洗脳された君のことが、心配で心配でたまらなかったんだ。彼は詐欺師《さぎし》まがいの最低の人間だ。才能のかけらもないのに、自分は天才だと自惚《うぬぼ》れて、周りの人間みんなを不幸に導く。あの男といると、確実に君は破滅すると思っていた。だから君が僕のもとに戻ってきてくれた時は、本当にうれしかったんだ。やっと目を覚ましてくれたんだと、心から安堵《あんど》した。言ったよね、これからの人生は、僕たちの空白の十五年間を取り戻すためにあるって……でも今は、君の心が見えない。君が何を考えているのか……希和子、教えて欲しい。君の本当の心を」

自然と、私の両目から涙がこぼれ落ちていた。私は掌《てのひら》で涙を拭《ぬぐ》った。

希和子は黙ったままだ。

彼女への思いは、余すところなく伝えた。私の切なる気持ちは、伝わったのだろうか？

すると希和子が、呟くように言う。

「教えてあげましょうか」

彼女は顔を上げ、凛《りん》とした目で私を見据えた。

「この部屋で暮らしはじめてから……あなたは学生時代の思い出話をするでしょ。適当に相槌《あいづち》を打っていたけど、本当は何も覚えてないんだよ。だって、つまらなかったんだもん。あなたとの思い出なんか無に等しい。なぜなら、あなたは私にとって何の価値もない男だから。唯一価値を見出すとしたら、ワタルと出会わせてくれたということだけ」

「……何を言ってるんだ」

「あなたは十年以上も前に振られた女のことが忘れられない、イタい男。この部屋で暮らすことが、嫌で嫌でたまらなかったの。苦痛で頭がおかしくなりそうだった。あなたに触れられると、虫唾が走ったわ。でも我慢した。あなたとセックスしても、何も感じなかった。いやそれどころか、正直反吐《へど》が出るかと思ったわ」

それ以上聞きたくはなかった。

でも彼女は、真《ま》っ直《す》ぐな目を向けたまま、容赦なく言葉を続けた。

「あなたは今でも、ワタルに対抗意識を燃やして、彼を激しく非難し蔑むよね。でも、それは大きな間違いなんだよ。あなたと比べものにならないほど、ワタルは素晴らしい人間なの。この腐りきった世界を変えるかもしれない可能性を秘めた、崇高な人。私はそんな人間の妻になれたことを誇りに思うし、今もその気持ちは揺るがない」

まるで勝ち誇るかのように、かすかに希和子は笑みを浮かべた。

「……ならどうして、僕に近づいた」

「あなたを抹消するためよ。ワタルからの指示なの。私は彼の命令だったら、何でもするわ。ワタルは言った。あなたみたいな俗物は、決して社会のためにならないって。私も同感よ。いい加減自覚しろよ。お前みたいな奴《やつ》は、この世に存在する価値がないってことを。お前はこの世界において、ウジ虫以下の存在なんだよ」

そう言うと希和子は、握りしめていた包丁の刃先を私に向けて、ゆっくりと近づいてきた。

「私の人生の汚点。それは、お前みたいな奴と関わりを持ってしまったこと。お前みたいな屑《くず》と交わってしまったことは、私にとって最大の恥辱。だから、消し去ってしまいたいの。この世から、お前のような愚劣な存在を……。お前のような人間がいるからこの世界は……お前のような……お前のような……お前のような……」

希和子の罵倒は終わらない。

脳裏には、彼女が私を罵る声が響き渡っている。

ズタズタに切り裂かれる、私のプライドと尊厳。

希和子。

十五年もの間、恋い焦《こ》がれていた女性だった。取り戻せたと思っていた。これからの人生を、希和子のために生きて行こう。そう決意していた。

だがそれは幻想だった。結局彼女の心は、ワタルに囚われたままだった。

身も心も。

完全に。

目眩《めまい》がするほどの、くらくらとした喪失感。

彼女は私を、存在する価値はないと言った。その言葉をそのまま返したい。

ワタルの虜《とりこ》となったこの女の方こそ、存在する価値などない。

突如、自分の内臓を貫くかの如《ごと》く、マグマのような激しい怒りが沸き上がってきた。

希和子の手から、包丁を奪い取る。

そして力一杯、彼女の胸に包丁を突き立てた。

人間なのだから、ミスやトラブルを起こすのは仕方ないことだと思う。

しかし大事なのは、その時どう対処するか？　なのだ。被害を最小限にとどめるように、知恵を駆使してあらゆる方法を模索する。そうすれば、どんな難局も乗り越えられる。私がよく部下にかける言葉だ。

その文言をしっかりと頭に浮かべて、足下に倒れている希和子を見る。

生気が失われた、彼女の眼差《まなざ》し。

希和子を殺《あや》めてしまったことは、一切後悔していない。彼女は私を欺《あざむ》き、罵倒し続けた。死んで当然だと思う。

だから知恵を絞り、なんとかこの局面を乗り越えたい。

警察に、通報するべきだろうか？　それとも、社の顧問弁護士に連絡して、対応策を講じてもらおうか？　彼女の方が先に包丁を向け、私を殺そうとしたのは紛《まが》うかたなき事実だ。正当防衛が認められる可能性はある。

だが冷静に考えた方がいい。例え正当防衛となったとしても、この事態が公《おおやけ》になったら、私の社会的な地位が失墜することは間違いないだろう。

やはり、私が希和子を殺害したという事実は、なんとしてでも隠蔽《いんぺい》しなければならない。

幸い私が彼女と暮らしていることは、まだ誰にも話していなかった。彼女の遺体を、上手《うま》く隠すことが出来れば、殺害が発覚する心配はなくなる。

まずはゆっくりと、その方法について考えよう。

私の犯罪は、完全に隠し通さなければならない。

現在の私の社会的な立場と、生活を守り抜くために……。

十日後――。

完全犯罪が、滞りなく遂行されたことを悟る。

ただし私が実行した犯罪は、ミステリー小説に出てくるような、不完全な「完全犯罪」ではない。

決して明かされることなどない、「完全」なる犯罪なのだ。

消灯時間を過ぎてしばらく経《た》っていたが、目がさえて眠れそうにない。部屋の中がやけに暑い。妙な臭《にお》いが染《し》みついた、薄っぺらい煎餅布団《せんべいぶとん》をはぎ取った。

勾留《こうりゅう》されて、一週間ほどが経過していた。

今日の夕方、顧問弁護士が接見にやって来た。弁護士の見解によると、現状では正当防衛を認めさせるのは難しく、殺人罪での起訴は免れないだろうとのことだった。

それを決定づけたのは、希和子は生前に、市が運営するＤＶ相談窓口を訪れていたという事実である。そこで彼女は、私からの日常的な暴力に苦しみ、「もしかしたら殺されるかもしれない」と訴えていたのだ。私が殴打《おうだ》したときの医師の診断書、その時の証拠写真まで残っていた。それらの記録が、私にとって不利に働いたというわけである。

弁護士からは、死体遺棄の罪も加わるので、十年以上の懲役は覚悟した方がいいと言われた。

こうして私は見事に、社会的に抹殺された。刑期を終えて社会復帰したとしても、殺人者として後ろ指をさされ、生涯日陰者の道を歩まなければならないのだろう。そう思うと、途方に暮れる。

完全犯罪のはずだった。

私は希和子を殺害後、遺体を解体した。肉片は全部、フードプロセッサーにかけ、ハンマーで砕いた頭蓋骨《ずがいこつ》や大腿骨《だいたいこつ》と混ぜ合わせ、数十個のミンチ状の肉塊にした。それをラップに包み、自宅の冷蔵庫の冷凍室に保管。毎日の通勤時に、公園の池の腹を空《す》かせた錦鯉に与え続けたのだ。

十日かかったが、完璧《かんぺき》に遺体の処理を終え、犯行は発覚するはずがなかった。

しかし、殺害してから二週間後、希和子の身を案じた市のＤＶ相談窓口の担当者が私の部屋に現れたのだ。不審に思った担当者が警察に通報。浴室やキッチンから血液反応が出て、私は逮捕されるに至った。

希和子はＤＶ相談窓口を訪れた際、「一週間以上、私からの連絡が途絶えたら、何かあったと思って助けに来て欲しい」という、メッセージを残していたらしい。真面目《まじめ》な担当者が、希和子の言葉を信じ、事件が発覚したというわけだ。

まるで希和子は、私の犯行を予期していたみたいだ。

さらにもう一つ、腑《ふ》に落ちない点がある。

逮捕後の検査で、私の体内から違法な薬物がかすかに検出された。興奮剤の一種である合成麻薬だというが、そのような薬物に手を出した覚えはない。

希和子が料理に混入したとしか、考えられない。

だが、どうして彼女はそんな薬品を、私に摂取させたのだろうか？　なぜ薬まで使って、私の精神を興奮状態に陥《おとしい》れたのか？　彼女は何を企《たくら》んでいたんだ？

脳裏に、一つの仮説が浮かび上がる。

もしかしたら……。

希和子は、自分が「殺されるよう」に仕向けていた？

そう考えると、いろいろと辻褄《つじつま》が合う。料理に薬を混入し精神を高揚させたのも、それが目的だった。洗脳が解けたふりをして私に近づき、恋情を弄《もてあそ》んで私を精神的に追いつめたのも、口汚く罵倒し私を逆上させたのも、全部自分が殺されるためだった。知らないうちに私は、希和子を殺害するように「洗脳」されていたのだ。

だがそれは一体なぜだ？　なんで、彼女はそんなことをした？

動機が見えない。どうして希和子はそんな手の込んだことまでして、「自殺」しなければならなかったんだ？

そこまで考えると、私は一旦《いったん》思考を停止させた。そして、深くため息をつく。

「被害者は加害者を洗脳し、『自分が殺されるよう』に仕向けた」

そう裁判で主張しても、証拠もなく、信じる者は誰もいないだろう。

いずれにしても、私ははめられたのだ。

彼女が「殺される」ように、仕掛けた理由……。その答えは、私自身の手で探り当てるしかないようだ。

幸い、時間はたっぷりある。

＊

葬儀場には、大勢のマスコミが駆けつけていた。

出棺の際、私は自分に向けられたカメラを意識して、その場で泣き崩れた。悲劇の夫を、演じなければならなかったからなのだが、その涙は必ずしも演技とは言い切れない。

彼女は忠実に、任務を果たしてくれたからである。私に殉じた妻に、哀悼の意を捧げると、自然と涙が溢《あふ》れてきたのだ。

遺体なき告別式だった。だが戸籍上、妻の死は無事に認定された。

ある日、希和子は死にたいと言った。

彼女は、私たち夫婦が経済的窮地に陥っていると思っていた。実際は、そんなことはなかったのだが、私はある事情から、そう信じ込ませていた。

だから希和子は、生命保険に加入して、この窮地をなんとか救いたいと申し出てくれたのだ。

だが自殺の場合、加入から長いと三年は免責期間となり、死亡保険金が下りることはない。三年待つという選択肢は、私にはなかった。そこで、別の方法を考えることにした。

希和子が誰かに殺害され死亡したのなら、免責期間はなく保険金が下りる。私は妻を誰かに「殺してもらうよう」に画策することにした。そしてその相手として、かつての「親友」を選び、妻を彼のもとへ向かわせたのである。

マインドコントロールの手法を応用し、彼の妄執とも言える、希和子への「愛情」を巧みに操作した。薬物を併用して、常に興奮しやすいような精神状態に陥らせ、彼が殺人者になるように仕向けた。

希和子には悪いことをしたと思っている。だが、彼女はもともと死ぬつもりだったのだ。偉大なる天才のためならと、喜んで実行に移してくれたのである。

それに……。私の「親友」への復讐《ふくしゅう》も果たすことができた。

私の才能を、一切認めない男。この世に生きる価値のない、ウジ虫以下の人間。彼を社会的に抹殺することも、目的の一つだった。

希和子の葬儀から、半年が経過した。

アタッシュケースを開けて、現金を数える。半年前に保険会社から支払われ、現金化しておいた希和子の死亡保険金である。札束一つ一つを、丁寧に数える。

完璧な犯罪だった。

警察の捜査や保険金調査において、私の計画が露見することは、まずあり得ない。受取人が、被保険者の殺害を教唆《きょうさ》した場合は、保険金を受けとることはできないのだが、あの男とは十五年も交流が途絶えているし、現実に私が殺害を依頼したわけではない。私の犯罪は、永遠に明かされることはない。

「でも、まだ完全じゃないわよ」

隣にいた紫音が、耳元で囁《ささや》いた。

そして澄みきった目で、私をじっと見据える。彼女に見つめられると、抗《あらが》うことはできない。

「ああ。もちろん、わかっているよ」

私には、やるべきことがあった。完全犯罪は、まだ完成していない。

宝石のような紫音の瞳《ひとみ》。彼女の視線を感じながら、私は靴を脱いで、木製の丸椅子《まるいす》の上に立った。

＊

梁《はり》から吊《つる》されたロープ。

その輪のなかに、ワタルが首を入れた。

しばらくそのままの態勢で、ためらっている。やがて、覚悟を決めたのか、丸椅子を蹴《け》った。首から吊されたワタル。足を激しくばたつかせている。

従順な男だわ。

きっと彼は今、私のために死ねるという、幸福と快感を享受《きょうじゅ》しているに違いない。

なぜ人間の精神は、斯《か》くも簡単に支配されてしまうのだろうか。

遺書は書かせてある。最愛の妻を惨殺《ざんさつ》された、悲劇の画家の後追い自殺……。その裏側に、緻密《ちみつ》な犯罪計画があることに、気がつく者は皆無であろう。

そして私は、札束の入ったアタッシュケースの蓋《ふた》を静かに閉じた。

苦悶《くもん》が止まった。

振り子のように、ぶらぶらと揺れているワタルの肉体。それを見て、自分が企図した計画が滞りなく完了したことを悟る。
それは私が最も、心待ちにしていた瞬間でもあった。
斯くして、完全犯罪は遂行された。

掲載禁止

ビデオカメラを、運転席にいる被写体に向けた。

手の平サイズが売りの、家庭用のハイビジョンカメラである。画角を調整し、REC
ボタンを押す。録画が始まる。

丘直子は、走行する国産セダンの助手席にいた。

昼下がり、東京郊外の幹線道路。都心方向とは逆向きの車線を走る。交通量は、さほど多くない。彼女が、セダンを運転している男性に声をかけた。

「では、お話を伺いたいのですが」

「はい。いいですよ」

カメラの液晶画面に、男性の横顔が映し出された。浅黒い肥えた丸坊主《まるぼうず》の中年男。頭髪の剃《そ》り跡が青々としている。五十は過ぎているだろう。カメラを向けられ緊張しているのか、表情は硬い。

「お名前は、なんとお呼びすればよろしいでしょうか」

「名前？　何でもいいですよ。タナカ、タナカでいいんじゃないですか」

イヤホン越しに、タナカの無愛想な声が聞こえてくる。

三月の中旬。例年より気温は高く、暖かいと言うより暑いぐらいの日だった。だがタナカは、糊《のり》のきいた柄物シャツを一番上のボタンまできちんと留めていた。額には、うっすらと汗が滲《にじ》んでいる。

「タナカさん。この車は今、どこに向かっているんでしょうか」

「どこって？　いや別に、特に目的地なんか決めてないですよ」

「普段からこのように、目的地を定めずに運転されているんですか」

「そういうことです」

ハンドルを握ったまま、タナカは答えた。助手席から直子は、タナカの様子を撮り続ける。

「どうして、目的地を決めないんでしょうか。何か理由があれば、教えていただけますか」

落ち着いた声で、問いかける彼女。地味な色のジャケットに、ズボンというカジュアルな服装である。髪は肩までで切り揃《そろ》えられ、清潔な感じがする。小柄でほっそりとした容姿にメタルフレームの眼鏡が、ジャーナリスト然とした理知的な雰囲気を引き立てている。

「理由ですか？　それは、今にわかりますよ」

そう言うとタナカは、わざとらしく大きな笑い声を上げた。そして、バックミラーに映る彼女にちらっと視線を送ると、

「あなた、私の活動の内容、知っていて、こうやって取材してるんでしょ」

「ええ、まあ」

「じゃあ、そんな白々しい質問、やめましょうよ」

「すみません。視聴者は、タナカさんのことを知らないと思いますので、その紹介を興味深くできればと思いまして……」

「そんな段取り、白けるんだよな。……あ、ほらほら、そんなこと言っている間に、今見ました？　あの車。すぐ前を走ってる青いスポーツカー」

タナカは、前方を指さした。

反射的に直子は、カメラを車の進行方向に向ける。

「投げやがった。火のついた煙草《たばこ》」

すぐ前には、タナカの言うように、メタリックブルーの国産スポーツカーが走って

いた。

小さく舌打ちするとタナカは、

「仕方ねえな」

そう呟《つぶや》いて、方向指示器を出して車を路肩に停めた。サイドブレーキをかけて、シートベルトを外す。後続車を窺《うかが》いながら、ドアを開くと、

「車から出ないように」

そう言って、道路へと飛び出していった。

言われたとおり直子も外には出ず、助手席からタナカの様子を撮影する。

道路上を走るタナカ。タイミングを合わせ、速度を上げて走ってくる後続車を上手《うま》くかわしている。なんとか、スポーツカーがポイ捨てした位置にたどり着いた。何台かにクラクションを鳴らされながらも、煙草を見つけ拾い上げると、車へと戻ってくる。

運転席に着くと、小銭や飲み物などを置くスペースに、大事そうに吸い殻を乗せた。

「ちょっと、飛ばしますよ」

サイドブレーキを解除し、セダンを発進させる。

アクセルを踏み、速度を上げていった。

タナカのセダンは車線変更をくり返し、先行車を追い抜いてゆく。しばらく走ると、あのメタリックブルーのスポーツカーが見えてきた。

スポーツカーのすぐ後に車をつける。タナカは速度をゆるめ、一定の距離を保った。

直子はカメラのズーム機能を使って、正面を走るスポーツカーをアップでとらえる。リアウインドウ越しに、運転者の後頭部が見える。運転しているのは若い男性のようだ。助手席にも、誰か乗っている。どうやら女性らしい。

彼女が、タナカの背に声をかける。

「追いかけるんですか」

「ええ、絶対に許しませんから」

まるで当然だという口調でタナカは答えた。

それから彼は、スポーツカーを追い続けた。

向こうの運転手も、バックミラーをチラチラと見ている。ずっと追いかけて来る、こちらの車が気になっているのだろう。スピードを上げて遠ざかろうとするが、タナカは決して逃そうとしない。間に車が入って来ても、すぐに追い抜いて割り込み、ぴったりと真後ろにつけた。

十五分ほどが経過した。突然スポーツカーは、方向指示器も出さずに左折し、道路沿いのファミリーレストランの駐車場に入って行った。もちろん、タナカも後に続く。あまり聞いたことのない店名のファミリーレストランである。看板は色あせ、所々枯れた雑草が生えている駐車場には、車は一台も停まっていない。

スポーツカーは枠線に入らず、駐車場のほぼ中央に停車した。そのすぐ隣に、タナカもセダンを滑り込ませる。直子は車の中から、カメラを回し続けた。

ドアが開き、運転手の男が降りてきた。髪は両サイドを刈り上げ、整髪料で立たせている。無精ひげ、黒いパーカーにチェーンネックレス。いわゆるB系ファッションの若者だ。こっちを睨《にら》みつけたまま、向かってくる。

直子は、スポーツカーの助手席にいる女性にカメラを向けた。髪を赤茶色に染めている。化粧は派手めだが、二十代前半か、もしかしたら十代かもしれない。細い目をさらに細めて、心配そうに若者を見ている。

若者は、セダンの運転席に回り込んで窓を小突くと、タナカに向かってすごんだ。

「何か文句あんのかよ」

嬉《うれ》しそうに微笑《ほほえ》むと、タナカはゆっくりとシートベルトを外した。彼女は黙ったまま、その後ろで息を潜めている。煙草の吸い殻を手にして、タナカはドアを開けて車外へと出た。フロントウインドウ越しに、対峙《たいじ》する二人が見える。タナカの堅気には見えない迫力に、若者は威圧されていた。直子は助手席から、その様子を撮影する。

「一体何のつもりなんだ。お前ら」

そう言うと若者は、車内に目をやった。若者の声は、タナカに仕込んだワイヤレスマイクによって、イヤホン越しに明瞭《めいりょう》に聞こえている。へらへらと薄笑いを浮かべながら、タナカが一歩若者に歩み寄った。

「落とし物、届けに来たよ」

若者の手を取ると、持っていた吸い殻を握らせた。

「何すんだよ」

若者は、タナカを睨みつける。

「あれ、『ありがとうございます』は？　わざわざ届けてやったんだぞ」

「うるせえよ」

若者は吸い殻を地面に叩《たた》きつけた。タナカは、わざとらしく大きなため息をつく。

「駄目だよ。ポイ捨ては」

地面にかがみ込んで、若者が捨てた吸い殻を拾い上げた。そして無言のまま、若者の傍らを通り過ぎると、スポーツカーの方へと向かって行く。力任せにドアを開け、車内へ吸い殻を投げ込んだ。

助手席の細い目の女性が、大きな悲鳴をあげる。

「何やってんだ、てめえ」

慌《あわ》てて若者は、つかみかかろうとする。振り向きざまに、タナカは一喝する。

「貴様、何だその態度は」

怒号が周囲に響き渡った。突然の豹変《ひょうへん》にひるみ、若者の動きは止まる。

「届けてやったんだよ。感謝の言葉はないのか」

硬直する若者。

「訊《き》いてんだよ、感謝の言葉ないのかって。答えろよ」

タナカに見据えられ、完全に萎縮《いしゅく》している。

「うちの事務所に来るか。事務所に来て、きっちり落とし前つけてもらおうか」

〝事務所〟という言葉を聞き、若者の顔面は一瞬で蒼白《そうはく》になった。

「何とか言えよ。このガキ」

タナカが若者の頭を平手で力強くはたいた。直子の耳に鈍い音が轟《とどろ》く。

「お前幾つだ」

「え……」

「幾つだって訊いてるんだ。答えろ」

「二十五です」

「いい歳《とし》こいて、恥ずかしくないのか、こら」

再び大きな平手を、若者の頭部に叩きつけた。うつむいたままバランスを崩す若者。

助手席の細い目の女性は、まるで固まったように動かない。

「親に教わらなかったのか？　ポイ捨てしちゃダメだって」

タナカは、若者の胸ぐらをつかんだ。直子はズームを使って、若者の顔をアップにとらえる。いかついB系ファッションに似つかわしくない、怯《おび》えきった小動物のような顔が画面一杯に映し出される。

「訊いてんだよ。答えろよ」

「……す、すみませんでした」

その言葉を聞いて、タナカの表情が緩んだ。そして、にっこりと笑う。

「そうだ。最初からそうやって、素直に謝ればよかったんだ」

そう言うと、若者の襟元から手を離した。若者の目には、うっすらと涙がにじんでいる。

「二度とするなよ。もういいから。行け」

逃げ去るように、若者はスポーツカーの方に向かう。助手席の女性は、相変わらず硬直したままである。タナカは、急いで車に乗り込もうとしている若者に、また大声を張り上げた。

「おい貴様、ちょっと待て」

若者の動きは、一瞬で静止する。

「最後に言っとく」

タナカは若者をじっと見据えて、言った。

「親とご先祖様を、大切にしろよ」

ファミリーレストランの駐車場を出る。

最初の信号で、タナカは車を転回させ、都心方向に進路を変えた。

直子がまた運転席にカメラを向けると、タナカが口を開いた。

「助手席の人は、シートベルトをお願いします。丘さん、交通ルールは守らないとね」

「あ、ごめんなさい」

直子はカメラを構えたまま、慌てて左手でシートベルトをかけた。

今度は彼女が、タナカに声をかける。

「お話、聞いてもいいですか」

「もちろん。いいですよ」

「あの……いつも、ああいったこと、されてるんですか」

「ええ、そうです。まあ、私たちだけで、こんな風に躍起になっても仕方ないことは、分かっているんですけどね。ああいう輩《やから》は無数にいるでしょ。でも、私みたいな人間がいないといけないと思ってね」

運転しながら、彼女の質問にタナカは答える。

「許せないんですよ。だから見つけたら、すぐに行動に移すんです。そして徹底的に追いつめて、謝らせる。決して妥協はしません」

毅然《きぜん》とした顔で、語り続けるタナカ。彼女はやや呆《あき》れた口調で、言葉をかけた。

「私は相手が怒り出すんじゃないかって、冷や冷やして見ていました。ちょっとやり過ぎなのではないかと」

「そうですか。あれでも手加減したんですよ。カメラで撮っていましたからね」

そう言いながら、タナカは直子の方をちらりと見た。彼女は質問を続ける。

「もっと相手が怒ったりすることもあるんですか」

「もちろん、ありますよ」

「殴り合いとかに、なったりもするのでは」

「ええ、たまにありますけど」

「警察沙汰《ざた》になりますよね」

「その辺はうまくやります。それに、通報されることは滅多にありません。もともとは向こうが人の道に外れたことしたんだから、心のどっかで、分が悪いとか思ってるんじゃないんですか」

「タナカさんは、一体なぜ、このようなことを行っているんでしょうか」

「一体なぜ……うん……」

タナカは少し考え込んで、答えた。

「それは、私の仕事だからです。仕事というか、使命というかね。今の日本人はね、間違った奴《やつ》ばかりです。だからこうしてね、一人一人に活を入れてやるんです。少しでも、日本をいい国にしたいんですよ」

ハンドルを握りしめたまま、タナカは力強く語った。

「それが、あなたが代表を務める『品格を守る会』の活動ということなのでしょうか」

「そういうことです」

タナカが主宰するという、『品格を守る会』。それは数年前から、インターネットの掲示板やSNSを賑《にぎ》わせていた団体である。通称『品格会』とも呼ばれ、突如街角に出現し、〃世直し〃と称して、公序良俗に反する行為に鉄槌《てっつい》を下すというのが、彼らの主な活動である。だが、ホームページもなく連絡先や所在地も不明であり、その存在が確認されたわけではない。多くの目撃情報が、インターネットに書き込まれているだけである。

・この前、コンビニの表で騒いでいたDQN《ドキュン》が、『品格を守る会』にしばかれていた。
・『品格会』が、違法駐車の外車をボコボコにしていた。
・うちの高校の淫行《いんこう》教師、『品格会』に粛清されて廃人になった。
・あの飲酒運転死亡事故の加害者を自殺に追い込んだの、『品格会』らしいよ。
・不正判決ばかり出す裁判官、『品格会』の神業《かみわざ》で、見事精神病院送りに。

このようにネット上には、数々の、『品格会』の過激な〃活動〃が報告されている。

『品格を守る会』とは、一体どんな団体なのか？　目撃情報がネット上に散見するだけで、その実態は定かではない。公《おおやけ》にその存在を証明するものは何一つなく、まことしやかな噂《うわさ》だけで、実在するかどうかも怪しい、幻の団体と呼ばれていた。

彼女はさらに、タナカに質問を投げかける。

「今回、どうして取材を受けようと思ったんですか」

「今まではね、あんまり人様に知られないようにね、こっそりと活動していたんですけど、それだと埒《らち》が明かなくてね。やはり、私たちの活動をね、数多くの人に知ってもらった方がいいということになってね」

「団体は、何人ぐらいで構成されていますか」

「ちょっとそれは、言えないですね……ご想像にお任せします」

「どのような方が、会のメンバーなんでしょうか」

「そうね……まあ、取材していると徐々に分かってきますよ」

「タナカさんが会の代表ということは、間違いありませんね」

「ええ、もちろん」

『品格会』の主宰者は元日本兵だという書き込みが、インターネットにあった。その人物は、第二次世界大戦当時、激戦地だったラバウルで、数々の武勇伝を残した伝説の陸軍兵だというのだ。戦後の腐敗した日本社会を嘆き、失われた日本人のアイデンティティーの復興をモットーに『品格会』を設立。過激な活動を繰り広げ、場合によっては殺人まで犯しているという噂もある。

「それは根も葉もないデタラメだね。もちろん、私は戦後生まれだし。当時日本兵だったっていうと、今はもう九十過ぎでしょう。うちの会には、そんな老人はおりませんよ」

「なるほど、確かに、そうですね」

直子はカメラを操作し、運転するタナカの横顔をアップでとらえる。丸坊主の大きな顔が、液晶画面一杯に映し出された。

彼女の質問は続く。

「ではタナカさんが『品格会』を主宰しようと思ったきっかけについて、教えてもらえますか」

「きっかけね……」

運転しながら、タナカは進行方向をじっと見据えた。しばらく考え込むと、おもむろに口を開いた。

「かつての日本はね、それはそれは素晴らしい国だったんです。日本人は親を大切にして、先祖を敬った。あなた知っていますか。戦国時代が終わり、徳川幕府によって日本は統治された。戦乱の世は終わり、武士はどう考えたか。もう戦うことはない。民は畑を耕し、米を作る。では自分たち武士には、一体何ができるのか。あなた、わかりますか」

「武士に何ができるか……ですか？」

彼女は考え込んだ。眼鏡にかかっていた髪を右手でかき上げる。そして答えた。

「ごめんなさい。わかりません」

「立派になることなんですよ。人として徳を積み、正義のためなら、いつでも命を投げ出す覚悟がある。常に心と身体《からだ》を磨いて、ご先祖様に恥じない生き方をする。それが侍なんです。武士道なんですよ」

「なるほど」

「そんな立派な武士の魂が、日本社会の根底にあるんです」

タナカが、力強く言った。

「私たち日本人は、素晴らしい民族なんです。ペリーが黒船で来航して、日本に開国を迫りました。でもそのことが、有色人種の支配を目論《もくろ》んでいた、白人社会における最大の失敗だと言われています。白人が世界を支配するためには、日本は開国させるべきではなかった。なぜなら鎖国が解かれた後、日本人は瞬《また》く間に有色人種の雄となったからです。明治維新後、日本はどんどん西洋の科学技術を取り入れ、それを応用し文明を発展させた。植民地なんかにはならず、大国ロシアと真正面からぶつかって、日露戦争にも勝利した。日本は西洋社会と対等に渡り合ったんです。世界における日本の大躍進が、アジア、アフリカの植民地解放を実現し、白人の有色人種支配を食い止める抑止力になったことは間違いないんです」

タナカの語り口調は、熱を帯びてきた。直子は、そんなタナカを撮り続ける。

「だから、私は悔しいんですよ。日本は素晴らしい国だった。なんとかして、取り戻したい。今の日本人にね、本来持っていた日本の魂をね……。ご先祖様を敬い、心と身体を磨いて、徳ある生き方をする。そんな日本人の品格をね。だから、こうして活動しているんです。もちろん、それが一朝一夕でできることだとは思っていません。茨《いばら》の道だっていうことは、重々承知しています。でもね、私みたいな人間がいないと、いつまでたってもよくなりませんよ、日本は。だからね、こうして地道にやっているんです」

「そうですか。わかりました。貴重なお話、ありがとうございます」

そう言うと彼女は、丁寧に頭を下げた。

カメラを下ろして、直子は録画を停止させる。


RECボタンを押す。再びカメラが回り始めた。

時刻は午後三時を過ぎている。タナカの車は、渋滞のなかにいた。

道が混み始めて、かれこれ二、三十分は経過している。三車線ある道路は、車が詰まってさっきからほとんど進んでいない。

直子は正面の道路にカメラを向けて、渋滞の様子を撮影する。

黙り込んでいたタナカが、ぽつりと呟いた。

「やっぱり、そういうことか」

「え、何がです」

思わず彼女は、聞き返した。タナカは指さして、答えた。

「渋滞の原因。ほら、あそこですよ」

タナカが指さす方向を見る。渋滞の先、一番左側の車線に大型トラックが路肩にはみ出して駐車していた。

カメラを正面に向ける。液晶画面にそのトラックが映し出された。四トンほどのトラックである。道路沿いのリサイクル商店の前に駐車し、荷物の積み卸しを行っている。

タナカが言った。

「左側を走っている車は、車線変更を余儀なくされている。あのトラックの存在が交通渋滞の原因になっているんです」

「では、トラックを過ぎれば、渋滞は終わりますね」

「そういうことなんだが」

タナカは厳しい目でトラックを睨むと、方向指示器を出した。ハンドルを左に切る。のろのろと動いている車と車のすき間に、セダンを滑り込ませた。中央車線を走っていたタナカの車は、左の車線に移動する。

渋滞のなかをゆっくりと進む。しばらくすると、問題のトラックが近づいてきた。四十ぐらいのひげ面《づら》の作業員が、黙々と台車に乗せた荷物を、トラックの荷台に運び込んでいる。荷物はスチール棚や椅子《いす》などの事務用の中古家具のようだ。トラックを通り過ぎると、車が流れ出し、渋滞は終わっていた。

タナカは再び、左に方向指示器を出すと、トラックの少し前にセダンを停車させた。

「ここで、ちょっと待ってて下さい」

そう言うとタナカは、勢いよく車から飛び出ていった。助手席からでは、タナカの様子はよく見えない。直子もシートベルトを外し、カメラを持って車の外へと出た。

タナカはトラックの荷台の近くまで来ると、積み込んでいるひげ面の作業員を、いきなり怒鳴りつけた。

「おい、このトラック邪魔なんだよ。はやくどかせ」

作業員はちらっとタナカの方を見る。だがすぐに無視して荷物をトラックに運び続けた。タナカはさらに詰め寄る。

「おい、この渋滞、見えないのかよ」

男は無視して、作業を続けている。

「とっととどかせって、言ってんだよ」

すると男は手を止めて、タナカの方を見た。そして、ぶっきらぼうにこう言った。

「ここに停めるしかないんだ。すぐに終わるよ」

「みんな迷惑してるんだ。今すぐどかせよ」

「うるせえな。こっちも仕事なんだ」

吐き捨てるように言うと、作業員は荷物を運び込もうとする。

「ほう、いい根性してるじゃないか」

タナカが荷台に飛び乗った。作業員を睨みつけたまま、近寄ってゆく。

「なんだ、お前」

作業員も、挑発してくるタナカを睨みつけた。二人の顔が近寄ってくる。一触即発の雰囲気。その時、タナカが作業員のひげ面に唾《つば》を吐きかけた。

「うわっ」

予想外の行動に、作業員がひるんだ。タナカはすぐさま、荷台から飛び降りる。自分の車へと、一目散に駆け出した。作業員は顔にかかった唾を拭《ぬぐ》うと、激昂《げっこう》する。

「汚ねえ。何するんだ」

作業員も血相を変えて、荷台から飛び降りた。こっちに向かって走ってくる。逃げるタナカを追う作業員。タナカが、セダンの横で撮影している直子に叫ぶ。

「早く、車に乗って」

慌てて、車に飛び乗る直子。車体が大きく揺れる。タナカも運転席に飛び乗った。車を発進させる。

作業員の男は踵《きびす》を返して、トラックに向かって走り出した。トラックに戻り、手早く荷台を閉じると、運転席に乗り込んだ。エンジンがかかり、トラックが動き出す。

後ろを振り返り、彼女が叫んだ。

「あのトラック、追いかけてきますよ」

「そりゃ、そうでしょうよ」

タナカはバックミラーを一瞥《いちべつ》し、嬉しそうに言った。トラックは猛スピードで迫ってきている。追いつかれないように、タナカもアクセルを踏み込んで、セダンの速度を上げる。

トラックに追われたまま、タナカの車は幹線道路を走り続けた。

スピードを上げて、猛追してくるトラック。こちらに車をぶつけてくるほどの勢いである。タナカは涼しい顔でアクセルを踏み込み、トラックとの距離を引き離した。

十分ほどそんな状態が続いた。突然、タナカはハンドルを左に切って、住宅街のなかに入り込んだ。トラックも左折し、後を追ってくる。

住宅街のなかの道を走り続けた。何度か右左折をくり返し、細い路地を走行する。トラックも、遅れまいと必死についてくるが、細い道だと小回りは利《き》かない。タナカは、わざと細い路地を選んで入って行った。いつの間にか、追いかけてくるトラックの姿は消えている。

「うまく、撒《ま》いたみたいだね」

涼しい顔でタナカが言う。座席から身を乗り出して、彼女が口を尖《とが》らせた。

「何やってるんですか。あのトラックの作業員、かなり怒ってましたよ」

「ええ、こちらの思惑通り、怒ってくれました」

「思惑通り？　どういうことですか」

「あの作業員が怒って、追いかけてきてくれたお陰で、トラックはあの場所からいなくなった。今頃、渋滞は解消していると思いますよ」

「タナカさんは、トラックをあそこから移動させる目的で、作業員を怒らせたんですか」

「もちろん、そうです」

得意げに笑うタナカの横顔を、直子はアップでとらえた。

「かなり怒っていましたからね。今も探してるんじゃないですか、この車を。でもその方が好都合なんです。あのトラックが探し続けてくれたら、当分渋滞になることはないでしょうからね」

「タナカさんは、いつもこんなことをやっているんですか」

「いつもやってるわけじゃありませんよ。今日はたまたま、ああいうトラックを見かけたからです。でも、迷惑駐車とかは許せないですからね。違法に駐車している車が多いエリアでは、チラシを撒いたりもします」

「チラシですか」

「はい。迷惑車輛《しゃりょう》のワイパーとかに、挟んでおくんです。『この車は違法駐車の車です。どうぞ、蹴《け》ったり、石を投げたり、釘《くぎ》で傷つけたりして下さい。なんの問題もありません』って書いたチラシをね。これが結構効くんですよ。ほとんどのドライバーは、チラシを見たら気味悪くなって、付近には駐車しなくなります。車の近くに、鉄パイプとか石や釘を置いておくと、もっと効果があります。本当に傷つけられる車もあって、いい気味なんです」

タナカは、満面に笑みを浮かべる。

「警察に通報すれば、いいんじゃないですか」

「警察なんか、信用できませんよ。警察こそ、品格のない腐りきった組織だ。いつか、あいつらにも、正義の鉄槌をくらわしてやりたいと思っているんです……」

「あ、ごめんなさい。ちょっとバッテリーをチェンジするんで、一旦《いったん》カメラを止めます」

直子がタナカの言葉を遮り、録画を停止させた。

ＲＥＣボタンを押す。

ショルダーバッグに隠したビデオカメラ。バッグの側面には穴が空けられており、外からカメラのレンズが見えないように、切り取った黒いパンティーストッキングが内側に貼《は》ってある。直子は録画が始まっていることを確認すると、ショルダーバッグのレンズを進行方向に向けて、歩き出した。

私鉄駅の改札口——。

ラッシュアワーにはまだ早いが、多くの通行人が行き交っている。歩きながら、駅の様子を隠し撮りする。少し前を歩いていたタナカが、彼女の耳元でささやいた。

「これから電車に乗ります。撮影するのは構わないですが、くれぐれも、カメラがばれないようにして下さい」

「わかりました」

あのトラックの追跡をかわした後、しばらく住宅街をウロウロと走り、この郊外の私鉄ターミナル駅にやってきた。車は、駅前の線路沿いのコインパーキングに停めてある。

彼女はタナカと並んで、駅のなかを進んでゆく。タナカの隣にいると、まるで大人と子供ほどの身長の差がある。

タナカは、券売機の前で立ち止まると、切符を買い始めた。

「あなたも、買って下さい」

タナカに促され、彼女はバッグから財布を取り出した。

「あの、どちらまででしょうか」

「とりあえず、隣駅まででいいでしょう」

切符を買い、タナカの後について、自動改札を通り抜ける。

二階のホームから大勢の乗客が降りてきた。ちょうど急行が着いたばかりだ。タナカは階段の下で立ち止まり、隣にいる彼女に声をかけた。

「見て下さい。嘆かわしいと思いませんか。ああいう連中。ほら、最近よくいるでしょ、スマホとか携帯を見ながら、歩いている人」

直子はビデオカメラが入ったショルダーバッグを、さりげなく階段の方に向けた。ホームから降りてくる人混みの中には、スマートフォンや携帯に視線を落としたまま歩く通行人がかなりいる。

「いわゆる〝ながらスマホ〟という奴です。ああやって前を見ずに歩くのは危ないし、本当に迷惑だ。自分ではちゃんと歩いているつもりでも、ぶつからないのは、前から来た人が避《よ》けているからです。でもおかしいと思いませんか。なんで、きちんと歩いている我々が、避けなければならんのですか」

タナカは、階段の人混みの方に怒りの目を向けた。

「ちょっと、懲《こ》らしめてやりましょう」

そう言うと、階段に向かって走り出した。

階段を駆け上るタナカ。彼女も後を追い、階段を上る。まずタナカは、しかめ面でスマートフォンを覗《のぞ》き込んでいるスーツ姿の中年男に体当たりした。中年男は舌打ちして睨みつけるが、お構いなしにタナカは階段を上ってゆく。そして、そのすぐ後ろにいたスマホを持った学生風の男性にもぶつかっていった。

タナカは次々と、〝ながらスマホ〟を見つけては体当たりする。まるで、相撲のぶつかり稽古《げいこ》のようである。直子は階段下で立ち止まったまま、通行人のふりをしてショルダーバッグのカメラでタナカの様子を撮影した。

「ちょっと、何するのよ」

大きなデパートの紙袋を幾つも抱えた、厚化粧の中年女性が叫んだ。中年女性はぶつかった際に足下に落ちたスマートフォンを慌てて拾い、タナカに詰め寄る。

「気をつけなさいよ。壊れたかもしれないわよ。どうするつもりなの」

タナカはわざとらしく顔をしかめた。そして、こう返した。

「痛てて。あんたがちゃんと前見て歩いていないから、こういうことになるんでしょう。私も足をくじいてしまったようだ。出るところに出て、どっちが悪いか、徹底的にやりあいましょうか。治療費頂くまで、私は一歩も引きませんから」

目を大きく見開いて、中年女性はタナカを睨みつけた。だがそれ以上、彼女から言葉は出なかった。踵を返して、階段を下りて行く。タナカは、去って行く中年女性の背中に声をかけた。

「おばさん。ダメですよ。もうよそ見しないでね。危ないですから」

タナカは、横にいた彼女に小声で囁《ささや》く。

「これに懲りて、あのおばさん、もう〝ながらスマホ〟はやめるんじゃないかな」

そう言って笑みを浮かべると、タナカは階段をさらに上っていった。

直子がホームに上がると、急行電車から降りてきた人の流れは、ほとんどなくなっていた。東京方面へ向かう、上り電車が発着するホーム。タナカは、ホームの後方に向かって歩いている。

ホームの端まで来ると、タナカは最後部の乗車位置を示す白線の前で立ち止まった。電車を待っている客は、ほとんどいない。彼女もタナカの横に並ぶ。

「次の電車に乗るんですか」

「そうですよ」

直子は後ろから、ショルダーバッグをタナカに向けた。彼女は質問を続ける。

「電車のなかで、また何か〝活動〟を行うんでしょうか」

「それは、後で分かりますよ」

タナカは、質問をはぐらかした。薄ら笑いを浮かべて、線路の先をじっと見ている。しばらくすると、今度はタナカが声をかけた。

「しかし尚子さんも、若いのに度胸があるね。我々の活動に密着するなんて」

「いえ、仕事ですから。それに、そんなに若くないですよ。もう三十ですし」

構内アナウンスが流れ、ホームに電車が近づいてきた。東京方面行きの各駅停車である。

「来ましたよ。この電車に乗ります」

電車がホームに到着する。ドアが開いて、二人は車内に乗り込んでゆく。直子も後に続いた。最後部の車輛。夕方近く、都心に向かう各駅停車の車内は比較的空《す》いていた。ドアが閉まり、電車が動き出した。

座席は空いていたが、タナカは座ろうとしなかった。ドア付近のつり革を両手でつかんだまま、車内を見渡している。隣に立っていた彼女に小声で話しかける。

「ほら、電車のなかでも、みんなスマホの奴隷《どれい》だ」

タナカは車内の乗客を指さした。あらかたの乗客は、スマートフォンやタブレットなどを手にしている。

「滑稽《こっけい》だとは思いませんか。みんな一様に腰を丸めて、小さな画面をのぞき込んでいる。こんな風景をご先祖様が見たら、どう思うか」

大きくため息をつくと、タナカは歩き出した。また、体当たりするんじゃないかと、直子は身構えたが、何もせず座席の前を通り過ぎて行った。彼女もタナカの後を追う。

連結部分の扉を開けて、前の車輌に移動する。最後部の車輌と同じく、車内はあまり混み合っていない。タナカは立ち止まらずに、歩き続ける。

次の車輌に入る。車内を進むタナカと、そのすぐ後について歩く彼女。すると突然、タナカは車輌の中ほどで立ち止まった。

「いえ、そんな。こちらの方こそ、すみませんでした。……はい、はい。それは問題ございません。もちろん大丈夫です」

ドアの前に立ち、携帯電話を手に大声で話している男がいた。三、四十代のサラリーマンだ。相手は上司なのか、取引相手なのだろうか、混んでいないのをいいことに、堂々と電車のなかで携帯電話で通話している。

サラリーマンを睨みつけているタナカ。何か行動を起こすかもしれない。直子はゆっくりと、カメラが入ったショルダーバッグをタナカに向ける。

タナカは動き出した。だが何も言わず、サラリーマンの傍らを通り過ぎてゆく。少し拍子抜けする。タナカは次の車輛に向かって歩いていった。直子も後に続く。

走行している電車のなかを、しばらく歩き続ける。先頭付近の車輛で、タナカはまた立ち止まった。

座席に化粧道具を広げ、メイクに夢中の女性がいる。年齢は二十代後半か、三十代前半といったところ。高そうなコートに、香水の匂《にお》いを漂わせていた。水商売の女性だろうか。コンパクト片手に、熱心に眉《まゆ》を描いている。

だが、ここでもタナカは行動を起こさなかった。一瞥すると、無言のまま通り過ぎてゆく。

先頭車輛にたどり着いた。タナカは空いている座席に、その大きな腰をどんと下ろす。そして、後からついてきていた彼女に声をかけた。

「あなたも座りませんか」

「はい。ありがとうございます」

彼女も隣に腰掛けた。タナカが、両腕を組んで言う。

「……いや、実に嘆かわしいですよ」

ショルダーバッグをタナカの方に向けた途端、電車が大きく揺れた。直子はバランスを崩し、とっさに近くのポールを握る。

「大声出して携帯で話している、マナー違反のサラリーマン。人様の目を気にしないで、化粧している女。許せませんね」

「どうするんですか」

「まあ、見ていて下さい」

そう言うとタナカは、また薄ら笑いを浮かべた。

しばらくすると、車内アナウンスが間もなく次の駅に到着する旨《むね》を告げる。その途端、タナカが立ち上がった。そして勢いよく、後部車輌に向かって歩き出す。彼女は慌てて立ち上がる。直子もすぐに後を追った。

さっき歩いてきたコースを戻る形で、車内を突き進むタナカ。一気に車輌を移動すると、水商売風の女性の前で止まった。

相変わらずコンパクト片手に、熱心に口紅を塗っている。直子は少し離れた場所に立ち、ショルダーバッグを女性の方に向けた。タナカが声をかける。

「お姉さん。みっともない真似《まね》やめなさいよ。化粧は人様の前ですることじゃないんだよ」

乗客が一斉にこっちを見た。女性もタナカを睨みつける。

「何よ？」

女性の顔は先ほどと比べ、さらに華やかな顔立ちに変貌《へんぼう》を遂げている。

「だから言ってるでしょ。電車のなかで化粧するのはやめなさいって」

「あんたには関係ないでしょ」

タナカから視線をそらし、また口紅を塗り始めた。そして言った。

「うるせーんだよ」

タナカはさらに歩み寄った。そして一喝する。

「とっととやめろって言ってんだよ。あんたがやってることは、人前でションベンするのと、同じなんだ。恥を知れ」

タナカの怒号が、車内に響き渡った。車内が凍りついたように静かになる。口紅を持つ手は止まり、女性の目は丸く見開かれている。じっと睨みつけたまま、タナカは走り出した。女性は口紅を手に、固まったまま見送っている。

直子は、タナカの後を追った。彼はさらに後ろの車輌に向かって突き進んでいる。

窓外には、次の駅のホームが見えてきた。

電車が駅に到着する。ドアが開き、客の乗降が始まった。タナカはその間をかき分け、なんとかあのサラリーマンのいる車輌にたどり着いた。彼はまだ、携帯電話片手に大声で話している。

タナカは、サラリーマンの前まで来ると大声で叫んだ。

「いつまでやってんだ。いい加減にしろ」

そう言ってタナカは、携帯電話を奪い取った。一瞬何が起こったか分からず、彼はあたりをキョロキョロしている。

タナカは座席の窓を開けると、携帯電話を線路に向かって放り投げた。やっと状況に気がついたサラリーマンは、激しく怒り出す。

「何するんだ」

不敵に笑うタナカ。発車を報《しら》せるベルが鳴る。それと同時に、タナカはドアに向かって駆け出した。

「降りるぞ」

閉まりかけたドアの間から、タナカと彼女が飛び降りた。すんでの所で、なんとかホームへと降り立つ直子。その瞬間、ドアが閉まった。

電車が動き出す。反射的に直子は、ショルダーバッグをホームから離れてゆく車輛に向ける。

ドアの向こうでは、あのサラリーマンが真っ赤な顔をしてこっちを睨《にら》みつけていた。

隣駅の改札を一旦出て、券売機でそれぞれ切符を買う。再び改札を入り、下りのホームで電車を待った。タナカが彼女に言う。

「別に改札を出なくても、と思ったでしょ。でも、きちんと往復分、切符を買って乗らないと。やっぱり、ルールは守らんとね」

ほどなくして、下りの各駅停車がやってきた。携帯電話を投げられたサラリーマンが戻ってくる可能性もあったので、降車する客を注意深く見るが、彼の姿はなかった。

夕方とあって、東京方面からの電車は混み合っている。さっきとは違い、タナカは大人しくつり革を握って立っている。ここでは、行動を起こさないようだ。

もとのターミナル駅に戻ってきた。もうすっかり陽は傾きかけている。駅構内は、会社帰りの通勤客で賑わっていた。

改札を出て、線路沿いの道を少し歩くと、コインパーキングに着いた。駐車してあるタナカのセダンに乗り込む。

助手席に座り、直子はショルダーバッグからカメラを取り出した。録画が正常に行われていたことを確認する。駐車料金を支払ったタナカが戻ってきた。シートベルトをかけながら、レシートを財布にしまうと、エンジンをかけてセダンを発車させた。

コインパーキングを出て、車はチェーン店の大型スーパーなどが建ち並んでいる、駅前のバス通りを走行する。直子はイヤホンをつけ、運転しているタナカにカメラを向けた。それと同時に、彼女が声をかける。

「驚きました。いつも電車に乗って、あんな風に〝活動〟を行っているんですか」

「ええ。定期的にやっていますよ。〝活動〟を行う鉄道会社や路線は、随時変えていますけどね。電車のなかには、迷惑を顧みない輩が多いでしょう。誰かがああやって、懲らしめてやらなければならんのです」

彼女はさらに、質問を投げかけた。

「他には、どんな乗客を懲らしめたんですか」

「まあ色々です」

「例えば」

「……ドアの近くに大きな荷物置いている奴とか、平然と、優先席に座っている若者とかです。あとは、大股《おおまた》広げて座っているおっさんとか。いるでしょ。混んでるのに、やたら足を広げて座っている人」

「確かに、迷惑ですね」

「年配の男性に多いんです。自分の威厳を誇示したいのかどうかわかりませんが。品がない」

「そういう人は、どうやって懲らしめるんですか」

「ええ……最初は、正面切って言いますよ。『なんで、そんなに足を広げているんですか？　閉じたらどうですか』って。でも、言うことを聞いて閉じる奴なんか滅多におりません。だから降りるときに、思いっきり足を蹴り上げてやります」

「喧嘩《けんか》になりませんか」

タナカは、平然と答える。

「もちろん、なりますよ。だから言います。文句あるんだったら、相手になってやるから、ここで降りろって」

「それで、どうするんですか」

「ええ……ここから先はちょっとね、カメラの前では話せませんね」

「ノーコメントですか」

「そういうことですね」

「わかりました」

車はバス通りを過ぎ、またあの幹線道路に出た。タナカは東京方面にハンドルを切る。

「しかし、本当に腹が立ちますね。ああいった連中を目《ま》の当《あ》たりにすると……全く、日本はどうしてしまったんでしょうかね。さっきの電車のなかでも、みんな熱心にスマホとかにかじりついていたでしょう。インターネットは犯罪の温床になっていると思うんです。実際、近頃の犯罪の多くは、SNSやネット掲示板がきっかけで起こっていますからね。事件や事故の過激な動画も氾濫《はんらん》し、誰でも簡単に見られるようになっています。本当に品がない」

ハンドルを握りしめたまま、タナカは語り始めた。直子は、タナカの横顔を撮り続ける。

「かつて日本は素晴らしい国でした。日本人は皆、親を敬い先祖を尊んでいた。武士は人間としての徳を高め、民は大自然の恩恵をありがたく受け止めていた。美しい四季の移り変わりや豊かな風土に独特の美意識があった。かつての日本人は皆一様に、素晴らしい品格を持ち合わせていたんですよ。日本というこの国に、誇りを持って生きていました。それがどうです、今のこの有り様は……。本当に嘆かわしい」

タナカはまた、熱く語り始めた。彼女は少し身を乗り出すと、さらに質問する。

「ではタナカさんは、何が理由で日本人が変わってしまったとお考えですか」

彼女の声を背中で聞くと、タナカは眉間《みけん》に皺《しわ》を寄せた。そして険しい表情を浮かべると、口を開いた。

「敗戦ですよ。敗戦が、日本社会を大きく変えてしまったんです。占領政策によって、戦前の日本全《すべ》てが否定された。日本人の良いところや本質も、全部が悪いことだったようにね。名誉を重んじ恥を知る心や、先祖を尊ぶ精神性……。それまで我々日本人の奥底に根付いていた、誇りやプライドまで、敗戦とともに失ってしまったんです。自国に誇りを持てない人間に、品格が備わる訳はない……」

タナカは険しい顔を崩さず、こう続けた。

「敷島《しきしま》の大和心《やまとごころ》を人問《ひとと》はば、朝日に匂《にお》ふ山桜花《やまざくらばな》」

一呼吸置くと、タナカが彼女に訊《き》いた。

「知っていますか。この歌」

「いえ……すみません。不勉強でして」

「江戸中期の国学者、本居宣長《もとおりのりなが》が、日本人の精神性を詠《よ》んだ有名な歌です。私たち日本人の心とは何かと聞かれたら、それは朝日に輝く山桜の美しさであると答える。なぜなら、日本人だったらその美しさは分かるはずだから……でも今のこの日本に、この山桜の美しさを理解できる人間が、どれくらいいるんでしょうか」

タナカは神妙な面持ちで黙り込んだ。行き交う車のヘッドライトがまぶしい。あたりはすっかり暗くなっている。しばらくすると、車内に彼女の声が響いた。

「はいOKです。一旦カメラ止めましょう」

その言葉を聞いて、タナカの表情が一気に緩んだ。ほっと一息つくと、ちらりとバックミラーに視線を送る。伺いを立てるような口調で、彼女に訊いた。

「あの……どうですか。大丈夫でした？」

さっきまでとは違い、低姿勢な物言い。彼女はシートにもたれかかると、タナカに向かって言う。

「ええ、基本的には大丈夫ですよ」

「基本的に、と言いますと」

「演技はよかったと思います。迫力もあったし」

「ありがとうございます」

「でも……」

一旦言葉を切ると、彼女は眼鏡のフレーム部分に手をやり、理知的な眼差《まなざ》しをタナカカに向けた。

「少しやり過ぎかな、と思う所が気になりましたね。頭叩《たた》いたり、携帯電話を投げ捨てたりね。唾を吐いたりしたところなんか、品格を重んじている人物という設定と、整合性がとれてない感じがしましたけど」

「そうですか。すみません」

「いえ、大丈夫です。最悪、編集でカットすればいいので、何とかなるんですけど……。暴力的な行為は、絶対にやるなとは言いませんが、やり過ぎはいけません。ほどほどにして下さい。お願いしますね」

「わかりました」

「後は、すごくよかったですよ。本当に『品格会』の代表がいるんじゃないかと錯覚する瞬間も、何度かありましたので」

ハンドルを握りしめるタナカの顔に、笑みがこぼれた。彼女もタナカに微笑《ほほえ》みかけた。

「この調子でお願いします」

「はい。がんばります」

タナカは力強く答えると、さらに言う。

「あの、もう一ついいでしょうか」

「なんでしょうか」

「『品格を守る会』って、本当にあるんでしょうか」

「さあ、私にはわかりません」

「そうですか。すみません」

「では、今日の撮影はここまでにしましょう。明日もよろしくお願いします。お疲れさまでした」


翌日。天気は快晴。

直子は、都心の某駅前でタナカと落ち合った。

ロータリーに停めてあったタナカのセダンに乗り込み、今日の取材内容の打合せをする。タナカは昨日と同じような柄物のシャツを着て、ボタンをきちんと一番上まで留めていた。

もともとタナカ(正確には「タナカ」を演じる男)は、知人から紹介された人物だった。映像関連の会社の経営者で、一時期は羽振りがよかったという。だが経営がうまく行かず、多額の負債を抱えて首が回らなくなったらしい。金に困っているというので、今回の撮影の制作スタッフ的な意味合いで雇ったのだが、雰囲気があったので「品格会の代表役」も演じてもらうことにした。

「基本的に、今日の撮影も昨日と同じです。どこでどう〝活動〟するかは、あなたに任せます」

本日の取材撮影の説明を、タナカにする彼女。昨日と同じく、眼鏡にモノトーンのパンツスタイルといった地味めな服装である。

「ただし、撮影の途中で私が、『品格会』の活動の拠点となる場所があれば、取材させて欲しいとリクエストします。すぐには承諾しないでね。私が食い下がり、あなたを説得しますから、渋々納得した体で、事務所まで連れて行って下さい」

「はい。了解です」

「事務所は、どこかいい場所ありました」

「ええ。知り合いの事務所が借りられましたので。ビルの外観とか映らないですよね」

「映るかもしれないけど、最終的に映像加工して、どこか分からなくすればいいでしょ」

タナカとの打合せは、五分ほどで終わった。

直子は今回の取材撮影に当たって、特に台本のようなものは作っていない。基本的には、タナカが『品格会』の代表になりきり、自分の考えで判断し、行動するようにさせている。彼女の質問への受け答えも、全て彼のアドリブである。あまり決め込んでやるより、その方がリアリティーがあるからだ。もし〝やらせ〟がばれたら、全ては水の泡だ。

「では撮影の方、始めましょうか」

「あの……本当に私でよろしいんでしょうか。まだちょっと自信がなくて」

「大丈夫ですよ。昨日みたいにやってもらえば。中途半端《はんぱ》な役者にやらせるより本物らしいわ。人生に切羽詰まった人にしかない、独特の迫力があります。聞いてますよ。もの凄《すご》い額の借金踏み倒したんでしょう。会社畳んで、自己破産して逃げ切る気だって」

「いや……それは」

「もし本当に、『品格会』があるとしたら、真っ先にあなたみたいな人が成敗されるでしょうね。面白いじゃない。そんな人が、『品格会』の代表を演じるなんて。さあ、それでは撮影を始めましょう」

直子はビデオカメラを起動し、運転席にいるタナカに向けた。

都心の繁華街におもむき、撮影を行う。

人通りはほどほどにあったが、昨日のように、都合の良い〝活動〟の対象者が見つからない。禁止区域での路上喫煙者を、タナカがたしなめるという一幕もあったのだが、相手が素直に非を認め謝罪したため、あまり迫力のあるシーンにはならなかった。

しばらく繁華街を歩きまわり、車に戻ることにした。地下のパーキングに駐車してあるセダンに乗り込むとすぐに、彼女がタナカに声をかけた。

「ちょっとお訊きしてもいいですか」

「はい、どうぞ」

直子はショルダーバッグから取り出したカメラを、タナカに向ける。

「タナカさんが主宰する『品格会』についてなんですが、何か事務所とか、活動の拠点になっているような場所はあるんでしょうか」

「ええ一応、ありますよ」

彼女は少し、身を乗り出して言う。

「取材することは出来ますか」

「それは、ちょっと無理ですね。場所が分かってしまうと、色々と面倒ですし」

「場所は分からないように、充分配慮しますので」

「行っても、何もありませんよ」

「それでも構いません。そこで、『品格会』についての詳しいインタビュー取材を行わせて頂ければと思いまして」

「困りましたね。こういった活動をしていますからね。そちらが物騒なことに巻き込まれる可能性だってありますし」

「大丈夫です。結構、危険な取材には慣れていますから」

「そうですか。まあ、それならね……。場所が特定できないような措置をとると、確約して頂けるのなら」

「もちろん、確約します。万が一ビルの外観が映ったとしても、映像加工して特定できないような処理を施しますので……」

「お願いします」

「仕方ないな……じゃあ、行きましょうか」

「ありがとうございます」

タナカの車に乗り、都内の道路を走る。

混雑していた都心を抜け、町工場やビルが密集している地域に到着した。車窓からは、現代的な高層マンションとトタン屋根の住居が混在している、典型的な東京下町の風景が見える。

大通りをしばらく走ると、車は川沿いの道に入った。煙突から煤煙《ばいえん》が出ている古い町工場や倉庫が建ち並んでいる。五分ほど走るとタナカは、小さなコインパーキングに車を停めた。

「着きましたよ」

ドアを開けて、車を出て行くタナカ。直子も、ビデオカメラを回したまま、彼の後を追う。

コインパーキングを出て、川沿いの道を歩く。少し行くと、タナカは数台のフォークリフトが荷積みを行っている、町工場の前で立ち止まった。機械の音が鳴り響いて、かなりうるさい。タナカはその隣にある、かなり年季の入った雑居ビルを指さした。

「こちらのビルになります」

直子はカメラを、建物の方に向けた。十階建ての雑居ビル。本来は白かったであろうビルの壁は、灰色にくすんでいる。タナカは、ビルのなかに入ってゆく。彼女もその後に続く。

入口を入るとすぐに管理人室があったが、不在の札が掲げられているだけだった。集合ポストには、社名が表記されているものはほとんどない。タナカと彼女は、一基だけある小さなエレベーターに乗り込んだ。定員は五名と表示されているが、直子も乗ると身動きが取れないほど窮屈だ。

エレベーターを八階で降りる。人の気配がない廊下。隣の工場の騒音が聞こえてくる。少し歩くと、タナカは一室の前で立ち止まった。表札には、何も記されていない。タナカは部屋の鍵《かぎ》をポケットから取り出した。彼女がタナカに訊く。

「この部屋ですか」

「はい、そうです。私の事務所です。どうぞ」

そう言いながら、タナカは解錠を終えドアを開けた。タナカと彼女は、部屋のなかに入ってゆく。

室内はこぢんまりしたオフィスになっていた。数台の事務用のデスクが並べられ、綺麗《きれい》に整頓《せいとん》されている。ビルの外観からすると、部屋のなかは意外にも清潔に感じられた。だが残念なことに、ここにも工場の騒音が響き渡っている。

「寒いですよね。今、暖房入れますから。まあどうぞ、座って下さい」

タナカが壁掛けのエアコンのリモコンを操作しながら、促す。窓際《まどぎわ》のデスクの脇《わき》には、四人掛けのソファセットがあった。彼女が丁寧に言う。

「ありがとうございます」

直子はカメラを持ったまま、肩に掛けていたバッグをソファの上に置く。だが、ソファに座らず、立ったままオフィスの様子を撮り始めた。

液晶画面に映る、小綺麗に整頓されたオフィス。カメラが入るということで、タナカが片付けたのだろうか。デスクの上には、チラシの束が並べられている。大きな太文字で、違法駐車の車を傷つけようと、呼びかける文言が記されていた。タナカが言っていた、違法駐車に貼り付けるというチラシである。奥のスチール棚には、背表紙に全て、『品格を守る会』と印刷された機関誌が、何冊も並べられていた。わざわざ作ったのだろうか。手が込んでいる。

彼女が、ソファの前に立っているタナカに声をかけた。

「タナカさんは普段このオフィスで、どのようなことをされているんですか」

直子はカメラを、タナカの方に向ける。

「ええ、まあ……別にこれと言って特に……」

タナカは珍しく口ごもっている。彼女の質問は続く。

「事務所には誰もいませんが、他の会員の方はどうされたんですか」

「会員なんかいませんよ。私一人でやっていますので」

「そうですか……」

彼女は残念そうに答えた。

「一旦カメラを止めましょう」

直子が、タナカに向けていたカメラを下ろす。彼女は眼鏡を軽くかけ直すと、タナカを見上げた。

「えっと、やり直しね……。もう一度、普段ここで何をしているかって聞きますから。こう答えましょうか。情報収集が中心です。これ以上は言えませんって」

「あ、はい」

「それと、他の会員のことも聞きますから、こう言いましょう。普段、事務所にはあまり来ない。今はみんな外に出払っているって。いいですね」

「わかりました」

「では、カメラを回します」

直子は再びタナカに向けて、カメラを構えた。

「では質問します。普段このオフィスでは、どういったことをされていますか」

「主に情報収集が中心ですね」

「それ以外は」

「それ以外は……ちょっと言えません。ノーコメントです」

「他の会員の姿が見当たらないようですが」

「普段、事務所にはほとんど人は来ませんよ。みんな活動のため、出払っていますから」

「そうですか。わかりました」

彼女は立ち上がり、タナカに言う。

「いいでしょう。OKです」

「すみません、上手《うま》くできなくて」

「いえいえ、大丈夫ですよ。今のはとてもよかったです。九十点です」

「ありがとうございます」

「この事務所も、いい場所を探してきてくれましたね。立地といい建物の様子といい、結構雰囲気あります。ちょっと、隣の工場がうるさいのが難点だけど」

「ですよね。すみません」

「わざわざ、機関誌とかチラシとかも作ってもらったんですね。すごくいいです」

「どうも」

タナカは、小さく頭を下げた。

「それでは続けます。『品格を守る会』の代表になりきって下さい。いいですか」

大きく頷《うなず》くと、タナカは答える。

「わかりました」

直子がカメラをタナカに向けて、言った。

「カメラ、回りました」

彼女は一つ咳払《せきばら》いすると、改まった口調でタナカに問いかけた。

「それでは、『品格を守る会』の実態について、もっと詳しく知りたいと思いまして、ここでタナカさんのインタビューを執り行わせて頂ければと思っています」

「もう結構、話しましたけど」

「いえ、他にもまだ質問がありますので、どうぞ、こちらのソファにおかけ下さい」

彼女が、ソファに座るように促す。タナカは、観念したかのように頷くと、

「そういうことなら、奥に会議室があります。そちらの方が広くて、撮影がしやすいと思いますが」

「そうですか。では、そちらへ行きましょう」

「どうぞ、こちらへ」

タナカが、オフィスの奥に向かって歩き出した。彼女もその後に続く。デスクの脇を通り抜けると、パーティションの奥にドアがあった。

「こちらです。どうぞお入り下さい」

タナカがドアを開け、彼女を促す。特に、段差のようなものはない。カメラを回しながら、直子は部屋に足を踏み入れた。

薄暗い部屋だった。唯一《ゆいいつ》の光源は、天井近くに小さな明かり取りの窓が二つあるだけ。それ以外、部屋に窓はなかった。

室内はガランとしている。会議室という割には、机や椅子《いす》の類《たぐい》は見当たらない。直子はカメラを下ろし、肉眼で部屋のなかを見渡した。そして視線は、ある場所で静止する。

床の上――。

二つの異様な物体が転がっていた。

直子は歩み寄り、恐る恐るその二つの物体をのぞき込んだ。それは人間だった。何重にも巻かれたロープで縛られている。口元は、厚手のガムテープで塞《ふさ》がれていた。

はっと息を呑《の》んだ瞬間、背後でドアが閉まる音がした。振り返ると、タナカがドアの前で、ガチャガチャと何かやっている。思わず彼女が口を開いた。

「ちょっと、これはどういうことですか」

「すみません、暗いですか。電気つけましょうか」

「そういうことじゃなくて」

タナカは、ドアのすぐ脇にある壁スイッチに手を伸ばし、蛍光灯を点灯させた。室内が照らされ、部屋の全容が明らかとなった。本当に何も無い部屋だった。あるのは、縛られている二人の人間だけだ。

改めて直子は、床に転がっている二人をのぞき見た。両方とも男性のようだ。死んでいるのかと思ったが、二人とも目をキョロキョロと動かしている。

「これで、カメラに映りますよね」

そう言いながらタナカが、直子の背後からカメラの液晶画面を覗き込んできた。彼女がタナカに詰め寄る。

「一体どういうことなんですか。説明して下さい」

「これから、彼らを粛清するんです。今日は特別に、その一部始終をお見せしましょう。ばっちり撮影して下さいね」

「いい加減にして下さい。そんなことは頼んでないわ」

「あれ、もっと詳しく知りたいんじゃなかったでしたっけ？　私たちの会の実態を」

「何言ってるの」

タナカの脇をすり抜けて、彼女はドアに駆け寄った。部屋を出ようとするが、ドアノブは動かない。何度か試みたが、ドアが開く気配はなかった。

「いくらやっても無理ですよ」

タナカはニヤニヤしながら、持っていた銀色のシリンダー錠の鍵を、これ見よがしに掲げた。

「これがないと開きませんから」

ドアノブから手を離すと、彼女は呆然《ぼうぜん》とする。直子の口から、とっさに言葉が出た。

「どういうつもりなの」

タナカは答えようとはせず、鍵をポケットにしまった。

「開けなさい」

さらに直子は訴えかけるが、タナカは黙ったままである。

「開けてよ……」

相変わらず、薄ら笑いを浮かべているタナカ。直子は思わず、怒声を張り上げた。

「開けてって、言ってるでしょう」

その途端タナカの両目には、凶暴な眼差しが宿った。

「うるせえな。つべこべ言わず、お前は黙って撮ればいいんだよ」

そう言うとタナカは、直子に迫り寄ってくる。言葉をなくして立ちすくむ直子を見上げると、肉厚の大きな手で髪を鷲《わし》づかみにする。髪留めが外れ、一本に束ねていた直子の長い髪が、ばらっと腰のあたりまでほどけた。

「いいか。今からこの部屋で起こることを、全部撮影するんだ。何があっても、撮り続けろ。わかったか」

間近まで顔を寄せてくるタナカ。口臭が鼻をつく。

「返事は」

「……わかったわ」

直子の髪から手を離すと、タナカは倒れている二人の方に向かってゆく。背中がドアに張りついたように、彼女はがくがくと膝《ひざ》を震わせている。

外部に連絡をとることは不可能だった。携帯電話は、ドアの向こうのソファに置いたバッグのなかである。今ここで叫んでも、工場の騒音にかき消されるのだろう。それに、そんなことをしたら、何をされるかわからない。

完全に閉じ込められてしまった。改めて見渡すと、部屋の隅にもう一つ小さなドアがあることに気がついた。奥にまだ部屋があるのだろうか。それともトイレとか別の何かなのか。あそこまで走って、ドアを開けてみたい衝動にかられる。だが、外に出ることができるという保証は何もない。それに、あのドアも施錠《せじょう》されているかもしれない。

タナカが、直子に怒号を浴びせる。

「何やってる。早く撮れ」

反射的にカメラを構えた。全ての感情が失われたかのようなタナカの顔が、液晶画面に映し出される。タナカはカメラから視線を外すと、後ろで震えている彼女を見据えた。

「何か、訊けよ。訊きたいことがあるんだろ。黙ってないで、今までみたいに、俺に何か質問しろよ」

「は、はい……」

なんとか彼女は、声を振り絞った。

「……床に、倒れている男性は……」

「聞こえないよ。もっと近くに来いよ」

「はい……」

震えながら彼女は、タナカの方に歩み寄った。

「よし、質問を続けろ」

「……床に倒れている男性は、一体誰なんでしょうか」

「外道《げどう》だよ。外道。人の道を踏み外した人間ってこと」

「なぜ……ここに倒れているんですか」

「生きて行く価値などないからだ。こいつらは、人間として絶対に許すことのできない罪を犯したんだ。だから、ここに連れてきた」

タナカはカメラの方に向き直ると、こう告げた。

「こいつらを撮れ。無様なこの姿を撮るんだ」

言われた通り直子は、床に倒れている男たちにカメラを向けた。液晶画面に、二人の姿が映し出される。

一人は若い男性だった。髪は茶髪で耳が隠れるぐらい長く伸ばしている。年齢は二十代か三十代だろう。もう一人はかなりの年配のようだ。髪のほとんどが白髪である。肌はどす黒く、小柄でやせ細っていた。二人とも、口元に貼《は》られたガムテープによって顔の大部分が覆《おお》われ、表情はよくわからない。

「この若い方は、かつて人を殺したことがある」

そう言いながらタナカは、茶髪男の前に座り込んだ。男の顔をのぞき込んで言う。

「そうだよな」

ガムテープ越しに、男の口がもぞもぞと動く。だが、何を言っているのかわからない。

「まだ十代で粋《いき》がっていたときだ。気にくわない奴《やつ》がいた。捕まえて、仲間とつるんでなぶり殺しにした。自分は未成年だから、ムショには行かなくても済むだろうって」

直子は茶髪男性の顔を、アップでとらえる。それと同時にタナカは茶髪を片手でつかみ、力一杯引きずり上げた。彼の顔は大きく歪《ゆが》み、ガムテープの奥からうめき声が漏れている。髪の毛を握ったまま、タナカが言う。

「忘れたわけじゃないだろうな」

海老《えび》ぞりの状態で、激しくもがく茶髪男性。その両目は、恐怖に戦《おのの》いている。

「このまま無事に、一生楽しく過ごせるとでも思ってたのか？　うまい飯食って、女とやって……。人殺しても問題なし。人生、意外と楽勝だって」

男は激しくかぶりを振った。何か言おうとしているが、よくわからない。

「残念ながら、人生はそんなに甘くないんだよ」

そう言うと、髪の毛をつかんだまま立ち上がった。男の顔が激痛で歪む。そのまま一歩前に進むタナカ。男は痛みにうめいている。直子はカメラを二人の方に向けて、その行為を撮り続ける。

タナカは男を引きずり、部屋のなかを歩いて行った。一歩進む度に男はうめき声を上げている。

部屋の隅で立ち止まるタナカ。彼の前には、あの小さなドアがある。男の髪を持ったまま、もう片方の手でドアを開けた。ドアは施錠されていなかった。

直子の位置からでは、ドアの向こう側がどうなっているかよく見えない。タナカは、ちらっとカメラの方に視線を送ると、ドアの奥に足を踏み入れた。引きずられたまま、男も別室へと消えてゆく。激しい物音を立てて、ドアが閉まった。

静寂が訪れた。

いや、工場の機械音は相変わらず響いていたので、周囲の音が全て消えたわけではない。だが、ドアの奥からは何の物音も聞こえてこない。

彼女は固唾《かたず》を呑んで、立ちすくんでいる。床に倒れた老人は、虚《うつ》ろな目で天井を見つめていた。タナカと茶髪男が入って行った後もずっと、直子はカメラをドアに向けていた。液晶画面には、ただ無人のドアだけが映っている。しばらくそのままの状態が続いた。

突然、ドアの向こう側から男の叫び声が聞こえてきた。

カメラを持つ手に力がこもる。絶叫は次第に、苦悶《くもん》の声に変わってゆく。やがてその声も小さくなり、完全に途絶えた。

物音は、再び工場の騒音だけとなる。

しばらくするとドアが開き、タナカがその体軀《たいく》を現した。茶髪男の姿はない。両手を震わせながら、カメラに向かってゆっくりと歩いてくる。カメラの前で立ち止まると、視線をレンズから彼女の方に移動した。

「質問は」

「はい……」

「何か訊くことはないのか」

「……あ、あの男性は」

小刻みに震える両手を掲げて、タナカは言う。

「死んだよ。俺が首を絞めて、殺した」

「殺した……本当ですか」

「ああ、本当だ。簡単だったよ」

タナカは手振りを交え、得意げに語り始めた。

「コツがあるんだ。きゅっと、鶏の頸《くび》を絞めるみたいにやれば、息の根をとめることが出来るんだ。さほど時間もかからないので、苦しむ時間も短くて済む。武士の情けという奴だ」

虚ろな目で語るタナカを、直子はアップでとらえる。彼女は声を震わせながら、さらなる質問を投じた。

「あなたはなぜ、このようなことをするんですか。私は何も、人を殺して欲しいなんて頼んだ覚えはありませんよ。一体何が目的で、こんなことを」

タナカは、灰色に濁った眼差しを彼女に向けた。

「教えて欲しいか」

「はい」

「まずいだろ、やらせは」

「え……」

「あんたがやっていることだよ。人様を騙《だま》して撮影するなんて、俺のポリシーに反しているからさ。だから、見せてあげてるんだよ。本物を」

「あなたは、一体誰なんですか」

その質問に答えようとはせず、タナカは黙り込んだ。

「まさか、あなたは本物の……」

無言のまま、ゆっくりと歩き出す。

「次は、このじいさんだ」

床に倒れている老人の身体《からだ》を、足で突《つつ》いた。少し遅れて、老人は怯《おび》えた眼差しでタナカを見る。タナカはカメラの方に視線を送り、直子に言う。

「撮れ、このじいさんを撮ってやれ」

カメラを老人に向けた。液晶画面に、白髪頭の老人が映し出された。ガムテープのため、その風貌《ふうぼう》は不明であるが、かなり憔悴《しょうすい》しているようだ。皺だらけの肌は、黒く変色している。目の下の隈《くま》が痛々しい。

「この方はなぜ、拘束されているんですか」

彼女はタナカに訊いた。

「どうしてだと思う」

「さあ……わかりません」

「少しは考えろよ」

タナカに言われ、彼女は老人をじっと見つめる。だがしばらくすると、口を開いた。

「すみません。見当もつきません」

タナカは大きくため息をつく。

「仕方ないな。教えてやろう」

その場にかがんで、足下の老人の顔をのぞき込んだ。

「このじいさんは、もう何年も、何十年も住む家もなく、公園や地下道で寝泊まりして暮らしている。未来の夢や希望も何もなく、自分が野垂れ死ぬ日を待っている。意味があると思うか。そんな人生」

吐き捨てるようにタナカが言う。

「こんなゴキブリみたいな人間がウヨウヨいるから、社会がおかしくなってゆく。日本の品格が乱れるんだよ」

そう言うと、タナカは立ち上がり、老人の背中を力を込めて蹴《け》りつけた。ガムテープ越しの老人の口から、大きくうめき声が漏れる。

「だからこうやって、定期的に駆除しなきゃならないんだ」

再び老人を蹴った。鈍い音が部屋中に響く。痛みに嗚咽《おえつ》する老人。とっさに彼女が言った。

「やめてください」

「どうして」

「お願いです。もうやめて下さい」

「あんた言ったよな。暴力はほどほどにって。でも本当は見たいんだろ。人が苦しんでいるところを。撮りたいんだろ、過激で暴力的な場面を……。今から、思う存分見せてやるよ」

そう言うとタナカは、老人の周囲を歩き始めた。まるで獲物を見定める猛獣のようである。一周すると立ち止まり、乾いた目で老人を見据えた。

「この人を、どうするつもりなんですか」

「殺すに決まってるだろ」

その言葉を聞いて、老人が激しく身を震わせた。直子は息を呑んで、タナカにカメラを向ける。

「でもその前に」

タナカは彼女に目をやった。

「他にもいる」

「え」

「粛清しなければならない存在が」

じっと彼女を睨《にら》みつけた。タナカの視線を受けて、彼女はまるでヘビに睨まれた蛙《かえる》のように硬直する。そして、恐る恐る言葉を絞り出した。

「だ、誰ですか」

彼女の問いかけには答えることなく、タナカはゆっくりと動き出した。常軌を逸した眼差しを向けて迫ってゆく。後ずさる彼女。タナカが口を開いた。

「教えてやろうか」

「は、はい」

「日本の品格を乱す、諸悪の根源だよ」

鬼気迫る表情で、詰め寄るタナカ。壁際まで追いやられた。もはや、逃げ場はない。

液晶画面に、タナカと壁際に追いつめられた彼女の姿が映し出される。

「歪んだ正義を振りかざし、ジャーナリズムという凶器を使い、寄ってたかって弱者をいじめる。本当に倒さなければいけないもの、暴《あば》かれなければならない巨悪には、決して刃向かわない。人の生き死にを売り物にし、話題作りのためなら、やらせや捏《ねつ》造《ぞう》も厭《いと》わない……。誰のことを言ってるか、わかるよな」

彼女は無言のまま、頷いた。

「俺が一番許せないのは、さっき首を絞めて殺したあの若い奴でも、このじいさんでもない。この日本の社会を駄目にしている、あんたらみたいな腐れ外道なんだよ」

そう言い放つとタナカは、突然直子の方に振り向いた。カメラをもぎ取ると、レンズを彼女に向ける。カメラを構えたまま、質問を投げかけた。

「今の気持ちは」

カメラから視線を外し、小刻みに震えている彼女。タナカの問いかけに答えようとしない。

「答えろよ」

直子はなす術《すべ》なく、その場に立ちすくんでいた。

彼女は唇を震わせたまま、なんとか声を発した。

「私を……どうするつもり」

「もちろん」

タナカは液晶画面から視線を外し、死んだ魚のような目を向ける。

「生かしておくわけないだろ」

その言葉を聞くと、壁にもたれかかったまま、彼女は崩れ落ちた。床に座り込んだ衝撃で、片耳だけ眼鏡のフレームが外れる。それと同時に彼女のズボンから、生暖かい大量の液体が漏れ出してきた。すぐにズボンはずぶ濡《ぬ》れとなり、下腹部から流れ出た液体は、リノリュームの床に広がってゆく。

タナカは舌打ちすると、何歩か後ずさった。

「何だ、小便漏らしやがった」

彼女は放心したように、壁にもたれかかったまま座り込んでいた。下半身は、自らが放出した液体の水たまりに浸っている。眼鏡は斜めに歪んだまま、かけ直そうとはしない。タナカは水たまりの向こう側に立ち、彼女にカメラを向けた。

「どうだ、こうしてカメラを向けられ、自分のみじめな姿を、撮影される気分は」

思わず直子は息を呑んだ。

彼女は虚ろな目で、タナカを見る。その途端、両目に涙があふれ、ぼろぼろとこぼれ落ちた。涙で声を詰まらせながら、タナカに訴えかける。

「お願い。本当のこと言って」

「何が」

「嘘《うそ》でしょ。これは全部嘘でしょ」

「嘘って、何が」

「全部演技なんでしょう。白状しなさいよ。さっき殺したとか言う人も、本当は死んでなくて、この老人も、どこかから連れてきた役者か何かなんでしょう」

声を荒らげて、彼女は言い放った。片耳だけにかかっている眼鏡が、ぶらぶらと揺れている。

「何で俺が、そんなことする必要がある」

「私を懲《こ》らしめたかったからよ。だから、やらせの手助けするふりをして、私をはめたんでしょう。無様な姿を撮影して、世間の笑いものにしようと思って、こんな手の込んだことを仕組んだのよ……」

涙で赤く腫《は》れ上がった目で、タナカを睨みつけた。

「でもね、はっきり言うけど、あなた間違ってますから。日本の品格を乱す、諸悪の根源を粛清するとかなんとか言ってたけど……」

タナカは黙ったまま、撮影し続けている。

「こんなことして喜んでいる、あなたたちの方がよっぽど品格がないわよ」

込み上げてくる涙と鼻水をすすり上げながら、彼女は言葉を続けた。

「ねえ、もうこれで充分でしょう。お願い、本当のことを言って。お願いです。全部嘘だって。これは芝居だって。本当のことを言って下さい。お願いします……」

そこまで言うと、その場に泣き崩れた。

「お願いします。お願いします……」

顔を伏せたまま、嗚咽の声をあげている。眼鏡が外れ、床に落ちた。カメラを構えた状態で、タナカが口を開いた。

「さすがです。その通りだ」

その言葉を聞いて、思わず彼女は顔を上げた。タナカはカメラを下ろして、崩れ落ちた彼女の方に歩み寄る。

「と言いたいところだが」

そう言いながら、しゃがみ込んだ。彼女にカメラを握らせると、こう告げた。

「これはやらせなんかじゃない。……残念ながら、俺とあんたは違うんだ」

彼女の顔から一瞬にして血の気が失《う》せた。タナカは、彼女の身体を太い腕で抱え込み、立ち上がらせようとする。彼女は慌《あわ》てて逃げようとするが、床の尿で足が滑った。その場に倒れ込む。タナカは彼女の髪をつかみ、力一杯引き上げた。

「痛い。痛い、痛い」

そのまま背後に回り込み、タナカは彼女の身体を羽交い締めにした。彼女を抱えたまま、部屋の隅にあるドアに向かって歩き出す。あの茶髪男性が連れて行かれたドアだ。彼女は、なんとか抵抗しようとするが、大人と子供ほどの体格差だ。到底かなわない。

「お願い、やめて、殺さないで。お願い」

タナカは応じようとしない。プログラムされた機械のように、彼女を捕らえたまま、奥のドアに向かってゆく。直子が叫ぶ。

「もう、やめて。放して」

「お願いします。助けて下さい。何でもしますから。お願いします」

必死に彼女は命乞《いのちご》いをするが、タナカは黙ったままだ。部屋の隅までやってくると、彼女を羽交い締めにした状態のまま、ドアを開ける。そして抵抗する彼女の身体を、ドアの奥へと放り投げた。

スチール製の棚に激突して、彼女は床に崩れた。手にしていたカメラが転がる。部屋のなかを、目を凝らして見た。先ほど眼鏡を落としてしまったので、はっきりとは見えなかった。しかし、彼女は極端に視力が悪いというわけでもない。

室内の床やスチール棚には、オフィスの家具や脚立《きゃたつ》、掃除道具の類が所狭しと置かれている。物置代わりに使われている部屋のようである。蛍光灯は消えているが、室内はさほど暗くはない。部屋の奥にある床まで降りたブラインドのすき間から、陽の光が差し込んでいた。

ブラインドの脇に、簡易的な給湯設備と流しがある。流しの下にある、二つのダストボックスにもたれかかるように、誰かが倒れていた。あの茶髪男だ。目を凝らしても、男の表情はよく見えない。彼女は、床に転がっていたビデオカメラを拾い、倒れている男の方へレンズを向けた。ズームを使って、男の顔をアップでとらえる。

液晶画面に男の顔が映し出された。目を大きく見開き、肌は土気色に変色している。表情は静止しており、ピクリともしない。呼吸は止まっているようだ。首筋に真っ赤な痣《あざ》があり、口からは硬直した舌が飛び出していた。

「これでわかっただろう」

タナカが入ってきた。はっとして、彼女は身構える。

「嘘じゃないって」

そう言ってドアを閉めると、彼女の方に詰め寄って来た。

床に腰を落としたまま、彼女は後ずさる。タナカは黙ったまま、じりじりと迫ってくる。しばらく後退すると、背中にブラインドが触れた。窓際まで追い詰められたことを悟る。

タナカの両腕が肩をつかんだ。丸く大きな顔が接近してくる。彼女は、強く目を閉じた。

タナカは彼女の耳元に唇を寄せると、声を潜めて言った。

「この部屋のベランダから、外に出られる」

「え」

「早く逃げるんだ」

思わず目を開けた。一瞬、何のことかわからなかった。タナカは、さらに続ける。

「このブラインドの外は、ベランダになっている。ベランダをつたって、他の部屋に逃げ込んで助けを求めるんだ。時間がない。さあ早く行け」

「どうして」

「いいから、早く」

「逃げろって、あなたは『品格会』の代表なんじゃ？」

声を押し殺したまま、タナカは言う。

「私は代表なんかじゃない。代表のふりをしているだけだ。あんたをカメラの前でいたぶり、最後は殺すように命令されているんだ」

「どういうこと」

背後のドアを気にしながら、タナカが答えた。

「本当の代表は、部屋のなかで縛られている老人だ。全《すべ》ての黒幕はあの老人なんだ。

拘束されているふりをして、監視している。私は絶対に彼に逆らうことはできない」

「あなた、一体誰なんですか」

「あんたの知っているとおりの男だよ。借金で首が回らなくなった会社の経営者だ。あの老人……、『品格を守る会』の代表に雇われ、あんたをはめるように指示された。そしてあんたに近づいたんだ」

「そんな……もう、訳が分からない」

「あんたが『品格会』について嗅《か》ぎ回っていることを、あの代表は快く思ってなかった。あんたに私を紹介した人間も、『品格会』と繋《つな》がっていたんだ。あんたは売られたんだよ。彼らが最も憎む、腐敗したマスコミ代表の〝えじき〟として」

彼女は、流しの下に倒れている茶髪男を指さして言った。

「あの男は、あなたが殺害したの」

「ああ、そうだ」

「どうして」

「仕方なかったんだ。彼は以前から粛清されるべき人間として、目をつけられていた。代表の命令は絶対だ、逆らうことは許されない。人を殺せと言われたら、殺《や》らなければならない。でなきゃ、自分が殺られてしまう」

「じゃあ、なんで私を助けようとするの」

「やっぱり俺には無理だ。女を殺すことはできない」

「本当なの」

「ああ本当だ」

「信じていいの」

「もちろんだ。早くしないと勘付かれてしまう。すぐに逃げるんだ」

タナカに促され、彼女は立ち上がった。濡れたズボンが冷たくなっている。タナカが、昇降用の紐《ひも》を手に取りブラインドを引き上げた。引き違いのガラス戸が姿を現した。ガラス戸の向こうには、小さなベランダが見える。タナカは手早く内鍵を解錠し、ガラス戸を開いた。

彼女は身を乗り出して、ベランダを覗《のぞ》き見る。ベランダの手すりの向こう側には、東京下町の眺望が広がっている。隣室のベランダとの間は、一枚の仕切り板で隔てられているだけだ。八階のベランダの手すりを乗り越えるのは、正直怖い。だが隣室のベランダまでは大した距離ではない。眼鏡がないのは心許《こころもと》ないが、逃げ出すことは不可能ではなさそうだ。

「さあ、早く」

背後のドアを気にしながら、タナカが彼女を急《せ》き立てる。ベランダに一歩、足を踏み出そうとする。だが、彼女の動きが止まった。

「でも……何かちょっと変じゃない」

「何が」

「あの老人が本当の代表で、あなたが脅されているとしたら、あなたはどうして逃げないの」

「え」

「だって、あの老人は縛られているのよ。身動きすることすら出来ない。なのに、あなたは逃げようとしない。あなたは自由よ。逃げ出そうと思えば、どこにでも行けるはず。それなのに、あなたは逃げないばかりか」

彼女は、茶髪男の死体を指し示した。

「こうして、人まで殺している」

「だから、言ったじゃないか。言う通りにしないと殺されるんだ。一度あの男に関わると、決して逃れることはできない。日本中どこに行っても、居場所を突き止められ、連れ戻される。それに、あの老人は縛られているふりをしているだけだ。あのロープはすぐに、自分の意志で外すことが出来るんだ」

「どうして、そんな手の込んだことをするの」

「それが彼らのやり方だからだ。まるでゲームみたいに楽しんでるんだ。さあ早く。あんたはここから逃げて、警察に駆け込み、全てを話して欲しい」

「だったら、あなたも一緒に逃げましょう」

「駄目だ。二人とも逃げてしまったら、彼らは危険を察知して、警察が来る前にここから姿を消してしまうに違いない。あんた一人だけだったら、不意を突いて逃げ出したとか言って、時間が稼げるんだ。もう時間は無い。早く」

必死に訴えかけるタナカ。彼女は、小さくかぶりを振ると、

「やっぱり嘘でしょ」

「嘘じゃない。本当だ」

「そうやって、私を弄《もてあそ》んでいるんでしょう。助けるふりをして希望を与え、結局は殺すんでしょう。騙されないわよ」

「本当だ。信じてくれ。早く逃げ出して警察に駆け込むんだ。俺にとってあんたは最後の希望なんだ。だから、早く……」

「本当なの」

「ああ、本当だ。嘘は言っていない」

「信じていいのね」

「もちろんだ。さあ早く、逃げて」

その言葉を聞くと、彼女は大きくため息をついた。そしてタナカを見つめると、落胆した口調でこう告げた。

「……駄目じゃない。本当のこと言っちゃ」

「え」

タナカの背後でドアが開く音がした。思わず彼女が、入口に向けてカメラを構える。

あの白髪頭の老人が入ってきた。

だが床に倒れていた時とは、様子が違っている。身体を縛っていたロープは解かれ、口に貼られていたガムテープもない。鋭い眼光でタナカを見据えている。小柄ながら浅黒い肌が、精悍《せいかん》な雰囲気さえ醸《かも》し出していた。

彼女はカメラを構えたまま、老人に声をかける。

「では代表、よろしくお願いします」

老人は無言で頷くと、持っていた日本刀を、ゆっくりと持ち上げた。呆然とした表情で、タナカが言う。

「どういうことです」

老人は日本刀を抜き、鞘《さや》を床に投げた。銀色に光る抜き身の刃を、タナカに向ける。

「やめて下さい……」

その場に、ひれ伏すタナカ。彼女はカメラを構え、交互に二人の様子を撮影している。刀を向けたまま、老人はゆっくりと迫ってゆく。

「お願いです。やめて……」

タナカは老人に顔を向けることができず、必死に命乞いをくり返している。老人は、タナカの眼前に刀を突きつけると、独特のしわがれた声でこう告げた。

「わざと会社を潰《つぶ》し、膨大な借金を重ね続けた愚か者。だがこれが初めてでないことは、わかっているぞ。お前は何度か、同じ手口で会社を計画的に倒産させ、融資金を騙し取り借金を踏み倒している。いわゆる倒産詐欺《さぎ》の常習犯。お前に裏切られ、人生を棒に振り自ら命を絶った人間は片手では足りないな」

タナカは、ガクガクと震えている。ベランダからの陽光が、タナカの脂《あぶら》が浮き出た丸坊主《まるぼうず》の頭に乱反射している。

「その上、私との契《ちぎ》りを破り、彼女を逃がし、警察に行かせようとした。裏切り者は、断じて許さん。お前のような品格の欠片《かけら》もない輩《やから》に、もはや生きて行く意味などなし」

震えているタナカ。刀を突きつけたまま、老人はゆっくりと目を閉じる。

「愚か者よ、恥を知れ」

思わず、タナカは息を呑む。

かっと目を大きく見開く老人。タナカを一喝する。

「覚悟せよ」

老人は腰を落とし、刀を振りかざした。悲鳴を上げて、タナカが両手で頭を抱える。

カメラを構える彼女の手にも緊張が走った。

「やめてくれ」

老人が刀を振り下ろす。同時に、彼女の耳にタナカの叫び声が轟《とどろ》いた。

＊

相変わらず、隣の工場の騒音が鳴り響いている。

液晶画面に、老人の姿が映し出された。

刀を振り下ろしたままの姿勢で、静止画のように固まっている老人。全身に返り血を浴びていた。

彼女はビデオカメラを構えたまま、老人に声をかけた。

「お見事でした。代表」

体勢を崩さず、無言のまま老人は頷く。

「はいOKです。カメラ止めます」

そう言うと彼女は、カメラを下ろして録画を停止する。老人がほっと、肩の力を抜いた。

「はい、お疲れさまでした。みなさんのおかげで、素晴らしい映像が撮れたわ」

彼女は足下で倒れている、タナカの前に座り込んだ。

どくどくと泡まじりの鮮血が、刀で斬《き》られた傷口から流れ出ている。身体中が血にまみれ、もとのシャツの柄は分からなくなっていた。目を大きく見開き、苦悶の形相を浮かべたまま固まっているタナカ。もうすでに呼吸は止まっているようだ。彼女はタナカに、優しく語りかける。

「あなたもよく頑張ってくれましたね。まさか、本当にあの茶髪男を殺しちゃうとは思わなかったけど」

流しの下で倒れている茶髪男に視線を送る。

「まあいいでしょう。あの男もあなたも、どうせ生きていても仕方のない、社会のくずですから。問題ないわ」

そう言って立ち上がると、彼女は持っているカメラを操作し始めた。液晶画面に、今まで撮影した映像のクリップが表示される。

「ああ、楽しかった。こんなスリル、なかなか経験できないもの。思わず失禁しちゃったし。これは今まで誰も見たことのないような、最高のドキュメンタリーになるわ」

「あの、ちょっといいですか」

血しぶきにまみれた老人が、彼女に声をかける。

「はい、なんでしょうか」

「私の演技は、どうでしたか」

「ええ、もちろんよかったですよ。うまく演じてくれました。迫力もあったし。『品格を守る会』の代表に見えましたよ。ちょっと前まではただのホームレスだったなんて、誰も思わないでしょう」

「ありがとうございます」

老人は丁寧に、深々と頭を下げた。

ドアの向こうから、パチパチパチパチと乾いた拍手の音がした。
あわてて彼女はRECボタンを押して、ドア口にカメラを向ける。
拍手しながら、丘直子が入ってきた。

掲載禁止

以上の記述は、某文芸雑誌に匿名《とくめい》で送られてきたものであり、その全文である（原則として、ルビや固有名詞などに修正は加えず、原文ママ）。

その特異な内容から、掲載することを検討されていたが、後日インターネットの動画サイトに、文中に登場した『丘直子』という人物が撮影したと思《おぼ》しき映像が流出した。

インターネット上の動画は、ほぼ記述通りだった。すぐにネット上から消えたが、過激な殺人ビデオの出現は、一部のネットユーザーの間で話題となった。

文芸雑誌の出版社は、社会的反響を考慮し掲載を取りやめた。現在警察は、関係者等の行方を追っている。

以下は、前述のつづきに相当する部分。動画のみに存在する箇所を書き起こしたものである。

掲　載　禁　止

カメラ、鮮血が飛び散ったドアの方に向けられる。

拍手しながら、一人の女性が入ってくる。背が高く恰幅《かっぷく》のいい女性。品のいいブラウスにロングスカート。髪は長く、腰のあたりまで伸びている。うっすらと微笑《ほほえ》みを浮かべながら、女性が言う。

「ご苦労様でした。みんな素晴らしかったわ」

カメラ脇《わき》から、撮影者（女性）の声がする。

〈ありがとうございます。直子さんもお疲れさまでした。ずっと撮影に同行されて〉

「私は、カメラで撮っていただけよ……。でもこの醜悪な男に髪を鷲《わし》づかみにされた時は、虫唾《むしず》が走ったけど」

カメラは一瞬、床に倒れている血まみれの男性（本文中でタナカと呼ばれた男）の遺体を映す。

直子と呼ばれた恰幅のいい女性。カメラを構えている彼女に視線を向けて言う。

「でもあなたは、本当に頑張ってくれたわ。尚子《しょうこ》さん」

〈光栄です。直子さん……。代表からそんなありがたいお言葉を頂けるなんて〉

「これで日本を駄目にする、ウジ虫どもを成敗する瞬間をとらえた、とても意義のある素晴らしいドキュメンタリーを撮影することができた。でも尚子さん。まだまだ道のりは長いわ。日本をより良くするために、私たちがやるべきことは、まだ山ほどあるのですから」

ゆっくりと目を閉じる直子。

「敷島《しきしま》の大和心《やまとごころ》を人問《ひとと》はば、朝日に匂《にお》ふ山桜花《やまざくらばな》」

そう言うと直子は目を開き、カメラをじっと見た。

解説

千街晶之

二〇〇三年四月一日の深夜、フジテレビ系である映像が流れた。それは、ある事情でお蔵入りした報道VTRという体裁を取っていた。廃ビルで肝試しを行った四人の若者が一人ずつ失踪《しっそう》した出来事を追跡取材したところ、その背後には想像を絶する闇《やみ》が横たわっていた——という内容である。

……と、まるで観《み》ていたように書いてしまったが、実際には私はこの番組をリアルタイムで観たわけではない。しかし、当時の視聴者たちは、得体の知れないもの、TVに映ってはいけないものを目撃してしまったような不気味さを感じたのではないだろうか。

この映像こそ、長江俊和《ながえとしかず》の企画・脚本・監督による『放送禁止』である。「事実を積み重ねることが必ずしも真実に結びつくとは限らない」というコンセプトを掲げ、後にシリーズ化されたこの番組は、放送禁止となったVTRを再編集したという設定のフェイク・ドキュメンタリーだ。放映日が四月一日、つまりエイプリル・フールだったのも、この種のフェイク・ドキュメンタリーの古典である『第3の選択』（イギリスで一九七七年に放映。人類の極秘火星移住計画を暴露するドキュメンタリー番組の体裁を取っていた）が、本来四月一日に放映予定だったことを踏襲したのだろう。

あくまでもフェイクである以上、内容は架空の出来事であり、登場人物も俳優が演じている。視聴者の誤解を招かぬよう、最後には「この番組はフィクションです」というテロップも出る。だが、それでもこのシリーズを本物のドキュメンタリーと思い込む視聴者も多かったのは、内容の迫真性によるものだ。作中に精神科医の町沢静夫《まちざわしずお》や春日武彦《かすがたけひこ》ら実在の有名人が本人役で登場してコメントを発したり、実際のものらしい心霊写真やUFO映像が流れたりするなど、いかにもドキュメンタリーらしい体裁で作られているし、作中の題材も、ストーカー、闇サイト、新興宗教、洗脳など現実を反映したものが多い。しかし、一番の成功の要因は、この種の「お蔵入り映像」に対する私たちの期待を利用した点ではないだろうか。

よく「本物の心霊映像は存在するけれども、TVで紹介すると衝撃が強すぎるのでお蔵入りになっている」といった類《たぐい》の噂《うわさ》を耳にする。もちろん、実際にどうなのかはスタッフ以外にはわからないだろう。だが、この種の噂が説得力を持つのは、「そういう映像が実在していてほしい、そしてそれをTVで見てみたい」というこちらの願望を的確に衝《つ》いてくるからだ。

実際、TV画面には時として「映ってはいけないもの」が映ってしまう。生放送は言うまでもなく、編集された筈《はず》の映像にさえも。二〇一〇年代初頭、ある失踪事件を追跡取材する報道番組で、インタヴューを受ける関係者の背後に「××（その関係者の家族の名前）のはなしは信じるな」と書かれた謎《なぞ》のメモが映り、ネット上で騒ぎになったことがあった。この「映ってはいけないものが映った」という感覚を、『放送禁止』シリーズはある程度再現している。著者がさまざまな〝禁忌〟や、自身の今まで手掛けた映像・小説について語った『検索禁止』（二〇一七年）によると、シリーズ第二作『放送禁止2　ある呪われた大家族』（二〇〇三年）にある、それまで普通に思えた家族の取材中に父親がいきなり暴力を振るう衝撃的なシーンは、他のディレクターが現実に担当した取材の中で起きたハプニング（当然、そのシーンはお蔵入りとなった）を取り入れたものだという。

そのような仕掛けで現実と虚構を攪乱《かくらん》する一方、『放送禁止』シリーズには、「謎解き」の重視という人工的な特色がある。それぞれの話自体は具体的な説明がないまま終了するのだが、作中に鏤《ちりば》められた伏線を最後に拾い上げることで、真相を推理することが可能になっている（ただし第一作では伏線の紹介はない）。各作品の最後には「あなたには真実が見えましたか？」というテロップが出るが、これは綾辻行人《あやつじゆきと》・有栖川有栖《ありすがわありす》原案のTVドラマ『安楽椅子《いす》探偵』シリーズなどに見られる「視聴者への挑戦」に通じる趣向と言えるし、手掛かりや伏線だけを提示しておいて解決そのものをはっきり描かない点は、東野圭吾《ひがしのけいご》の本格ミステリ小説『どちらかが彼女を殺した』『私が彼を殺した』における試みに似ているとも言えよう。

こうして『放送禁止』は現在も続く人気シリーズとなり、三本の劇場版も作られた。それらの中で謎解き趣味を発揮した長江俊和が、ミステリ小説の世界に進出するのは自然な流れだったと言える。二〇〇二年、自身が企画した映画をもとにした長篇ホラー『ゴーストシステム』で小説家としての活動を開始した著者は、二〇〇九年には小説版『放送禁止』を発表したが、オリジナルの著書としては『出版禁止』（二〇一四年）が第一作となる。

七年前に有名なドキュメンタリー作家と愛人が心中を図り、愛人だけが生き残った。ライターの若橋呉成《わかはしくれなり》はこの事件を取材しルポルタージュにまとめたが、ある理由でそれは発表されなかった。その原稿を、著者である長江俊和が入手し、出版した――という体裁の『出版禁止』は、『放送禁止』とは異なり、映像では困難な、文章ならではの伏線とその回収に挑んだ作品であり、謎解きの難解さも評判を呼んでベストセラーとなった。

そして、続いて刊行された同系列の小説が、本書『掲載禁止』（二〇一五年七月、新潮社）である。前作が長篇だったのに対し、今回は五つの短篇から成っている。なお先述の『検索禁止』によると、『出版禁止』は元々は「掲載禁止」というタイトルになる予定だったらしい。

「原罪ＳＨＯＷ」（《小説新潮》二〇一一年八月号）では、ネット上で噂されている「人の死を見ることが出来るツアー」への潜入取材が描かれる。現実の殺人を撮影した「スナッフ・フィルム」についてはネット上で情報が流れることがあるけれども、映像越しではなく実際の殺人を目《ま》の当《あ》たりにする機会など（普通の人生を送っていれば）あるものではない。しかし、そのような場面を安全地帯から見てみたい、という後ろ暗い欲望も人間の中には潜んでいる。本作のタイトルの〝原罪〟とはそれを指しているのだろう。一方でミステリ的な仕掛けも非常に凝っており（各章の冒頭にある謎の文字の意味を考えてほしい）、日本推理作家協会・編『ザ・ベストミステリーズ２０１２』にも収録された。

「マンションサイコ」（《小説新潮》二〇一五年二月号）は、元恋人に執着するあまり、相手の部屋の天井裏で暮らすようになった女の話である。真実が暴露された瞬間、読者の脳内には凄《すさ》まじく衝撃的な情景が拡《ひろ》がっている筈だ。天井裏からひとの私生活を覗《のぞ》き見するという趣向は、江戸川乱歩の名作短篇「屋根裏の散歩者」を連想させるし、福岡で二〇〇八年に実際にあった事件とも似ているけれども、『検索禁止』によると、本作の発想源は一九〇五年にアメリカのウィスコンシン州で起きた事件だという。詳しくは『検索禁止』の第四章を参照していただきたい。「屋根裏の散歩者」というよりは、横溝正史《よこみぞせいし》の短篇「丹夫人の化粧台」を想起させる事件である。

「杜《もり》の囚人」（《小説新潮》二〇一一年三月号）は、ある別荘で撮影された映像を文章で紹介するスタイルで綴《つづ》られている。全体の構図が目まぐるしく反転して読者を惑乱へと導く技巧が冴《さ》えている作品だ。もともとは映画用に思いついた話だというが、設定だけを見るなら、この作品は映像として『放送禁止』シリーズで放映したほうが良かったように思えるかも知れない。しかし、やはり本作の仕掛けは小説ならではのものであり、著者が元のアイディアからどのように小説化していったかを考えてみるのも面白い。なお本作と「原罪ＳＨＯＷ」は長篇『出版禁止』以前に発表された作品であり、殊《こと》に本作は著者の短篇第一作だという点でも注目される。

全体の構図の目まぐるしい反転といえば、次の「斯《か》くして、完全犯罪は遂行された」（《小説新潮》二〇一四年十一月号）もひけをとらない。学生時代の恋人と再会し、再び交際を始めた男。だが彼女にはある目的があった……果たして〝完全犯罪〟は誰が目論《もくろ》んでいるのか。モチーフの面では「杜の囚人」と対を成しているようにも見える作品だ。

最後の「掲載禁止」（単行本書き下ろし）には、公序良俗を乱す人間に天誅《てんちゅう》を下す「品格を守る会」の代表と名乗る謎の男が登場する。最初は煙草《たばこ》のポイ捨てなどの些《さ》細《さい》な行為を懲らしめる程度だった彼の言動は、次第にエスカレートしてゆく……。本作で描かれるような自警団的存在も著者の作品にはしばしば登場する。著者の仕掛けのパターンに馴染《なじ》んでいれば、中盤のどんでん返しまでは見抜けるかも知れないが、最後は一瞬、何が起きたのか呆気《あっけ》に取られる筈だ。

こうして通読すると、前作『出版禁止』にあった、文章だからこそ可能な仕掛け、張りめぐらされた伏線……といった特色を引き継ぎつつも、本書は難解さを控え目にし、短篇ならではの鋭い切れ味でサプライズを演出している点が読みどころとなっている。また、現実にある題材を取り入れてリアリティを演出する技巧は『放送禁止』シリーズにも通じるものがあり、著者の志向性が色濃く滲《にじ》み出た作品集に仕上がっていると言えよう。

本書の後、著者は東京二十三区の伝承や実際に起きた事件などを取り入れた連作小説『東京二十三区女』(二〇一六年)を発表する一方、映像方面でも、しばらく中断していた『放送禁止』シリーズを復活させ、『放送禁止　ワケあり人情食堂』(二〇一七年)が放映された。映像と小説の双方で、虚実の攪乱をミステリの形式で試み続ける著者の活躍からいっそう目が離せない。

(平成二十九年十二月、ミステリ評論家)

この作品は平成二十七年七月新潮社より刊行された。

長江俊和著

出版禁止

女はなぜ〝心中〟から生還したのか。封印された謎の「ルポ」とは。おぞましい展開と、息を呑むどんでん返し。戦慄のミステリー。

「新潮45」編集部編

殺人者はそこにいる
—逃げ切れない狂気、非情の13事件—

視線はその刹那、あなたに向けられる……。酸鼻極まる現場から人間の仮面の下に隠された姿が見える。日常に潜む「隣人」の恐怖。

「新潮45」編集部編

殺ったのはおまえだ
—修羅となりし者たち、宿命の9事件—

彼らは何故、殺人鬼と化したのか——。父母は、友人は、彼らに何を為したのか。全身怖気立つノンフィクション集、シリーズ第二弾。

「新潮45」編集部編

凶悪
—ある死刑囚の告発—

警察にも気づかれず人を殺し、金に替える男がいる——。証言に信憑性はあるが、告発者も殺人者だった！白熱のノンフィクション。

清水潔著

桶川ストーカー殺人事件 遺言

「詩織は小松と警察に殺されたんです……」悲痛な叫びに答え、ひとりの週刊誌記者が真相を暴いた。事件ノンフィクションの金字塔。

森功著

黒い看護婦
—福岡四人組保険金連続殺人—

悪女〈ワル〉たちは、金のために身近な人々を脅し、騙し、そして殺した。何が女たちを犯罪へと駆り立てたのか。傑作ドキュメント。

豊田正義著 **消された一家**
—北九州・連続監禁殺人事件—

監禁虐待による恐怖支配で、家族同士に殺し合いをさせる——史上最悪の残虐事件を徹底的に取材した渾身の犯罪ノンフィクション。

筑波昭著 **津山三十人殺し**
—日本犯罪史上空前の惨劇—

男は三十人を嬲り殺した、しかも一夜のうちに——。昭和十三年、岡山県内で起きた惨劇を詳細に追った不朽の事件ノンフィクション。

中村文則著 **迷宮**

密室状態の家で両親と兄が殺され、小学生の少女だけが生き残った。迷宮入りした事件の狂気に搦め取られる人間を描く衝撃の長編。

中村文則著 **遮光**
野間文芸新人賞受賞

黒ビニールに包まれた謎の瓶。私は「恋人」と片時も離れたくはなかった。純愛か、狂気か？　芥川賞・大江賞受賞作家の衝撃の物語。

中村文則著 **土の中の子供**
芥川賞受賞

親から捨てられ、殴る蹴るの暴行を受け続けた少年。彼の脳裏には土に埋められた記憶が焼き付いていた。新世代の芥川賞受賞作！

新堂冬樹著 **吐きたいほど愛してる。**

妄想自己中心男、虚ろな超凶暴妻、言葉を失った美少女、虐待される老人。暴風のような愛が人びとを壊してゆく。暗黒純愛小説集。

筒井康隆著
エロチック街道

裸の美女の案内で、奇妙な洞窟の温泉を滑り落ちる……エロチックな夢を映し出す表題作ほか、「ジャズ大名」など変幻自在の全18編。

筒井康隆著
夢の木坂分岐点
谷崎潤一郎賞受賞

サラリーマンか作家か？　夢と虚構と現実を自在に流転し、一人の人間に与えられた、ありうべき幾つもの生を重層的に描いた話題作。

筒井康隆著
おれに関する噂

テレビが突然、おれのことを喋りはじめた。そして新聞が、週刊誌がおれの噂を書き立てる。黒い笑いと恐怖が狂気の世界へ誘う11編。

筒井康隆著
ロートレック荘事件

郊外の瀟洒な洋館で次々に美女が殺される！史上初のトリックで読者を迷宮へ誘う。二度読んで納得、前人未到のメタ・ミステリー。

筒井康隆著
パプリカ

ヒロインは他人の夢に侵入できる夢探偵パプリカ。究極の精神医療マシンの争奪戦は夢と現実の境界を壊し、世界は未体験ゾーンに！

筒井康隆著
懲戒の部屋
―自選ホラー傑作集1―

逃げ場なしの絶望的状況。それでもどす黒い悪夢は襲い掛かる。身も凍る恐怖の逸品を著者自ら選び抜いたホラー傑作集第一弾！

色川武大著

うらおもて人生録

優等生がひた走る本線のコースばかりが人生じゃない。愚かしくて不格好な人間が生きていく上での〝魂の技術〟を静かに語った名著。

佐藤愛子著

私の遺言

北海道に山荘を建ててから始まった超常現象。霊能者との交流で霊の世界の実相を知り、懸命の浄化が始まる。著者渾身のメッセージ。

水上勉著

飢餓海峡（上・下）

貧困の底から、功なり名遂げた樽見京一郎は、殺人犯であった暗い過去をもっていた……。洞爺丸事件に想をえて描く雄大な社会小説。

連城三紀彦著

恋文・私の叔父さん
直木賞受賞

妻から夫への桁外れのラヴレター、5枚の写真に遺された姪から叔父へのメッセージ。男と女の様々な〈愛のかたち〉を描いた5篇。

沼田まほかる著

九月が永遠に続けば
ホラーサスペンス大賞受賞

一人息子が失踪し、愛人が事故死。そして佐知子の悪夢が始まった――。グロテスクな心の闇をあらわに描く、衝撃のサスペンス長編。

辻村深月著

盲目的な恋と友情

まだ恋を知らない、大学生の蘭花と留利絵。やがて蘭花に最愛の人ができたとき、留利絵は。男女の、そして女友達の妄執を描く長編。

伊与原 新著
磁極反転の日
地球が狂い始めた日、妊婦たちは次々と姿を消した。N極とS極が大逆転する中、人の不安と命を操る者とは。新機軸のエンタメ巨編。

伊坂幸太郎著
重力ピエロ
ルールは越えられるか、世界は変えられるか。未知の感動をたたえて、発表時より読書界を圧倒した記念碑的名作、待望の文庫化！

伊坂幸太郎著
首折り男のための協奏曲
被害者は一瞬で首を捻られ、殺された。殺し屋の名は、首折り男。彼を巡り、合コン、いじめ、濡れ衣……様々な物語が絡み合う！

梶尾真治著
黄泉がえり
会いたかったあの人が、再び目の前に――。死者の生き返り現象に喜びながらも戸惑う家族。そして行政。「泣けるホラー」、一大巨編。

久坂部 羊著
芥川症
「他生門」「耳」「クモの意図」。誰もが知るあの名作が医療エンタテインメントに昇華する。ブラックに生老病死をえぐる全七篇。

桜木紫乃著
ラブレス
島清恋愛文学賞受賞・突然愛を伝えたくなる本大賞受賞

旅芸人、流し、仲居、クラブ歌手……歌を心の糧に波乱万丈な生涯を送った女の一代記。著者の大ブレイク作となった記念碑的な長編。

岩波明著

心に狂いが生じるとき
—精神科医の症例報告—

その狂いは、最初は小さなものだった……。アルコール依存やうつ病から統合失調症まで、精神疾患の「現実」と「現在」を現役医師が報告。

NHK「東海村臨界事故」取材班

朽ちていった命
—被曝治療83日間の記録—

大量の放射線を浴びた瞬間から、彼の体は壊れていった。再生をやめ次第に朽ちていく命と、前例なき治療を続ける医者たちの苦悩。

髙山文彦著

「少年A」14歳の肖像

一億人を震撼させた児童殺傷事件。少年Aに巣喰った酒鬼薔薇聖斗はどんな環境の為せる業か。捜査資料が浮き彫りにする家族の真実。

代々木忠著

つながる
—セックスが愛に変わるために—

体はつながっても、心が満たされない——。AV界の巨匠が、性愛の悩みを乗り越え〝恋愛する力〟を高める心構えを伝授する名著。

夢野久作著

死後の恋
—夢野久作傑作選—

謎の男が、ロマノフ王家の宝石にまつわる奇怪な体験を語る「死後の恋」ほか、甘美と狂気の奇才、夢野ワールドから厳選した全10編。

増田俊也著

木村政彦はなぜ力道山を殺さなかったのか（上・下）
大宅壮一ノンフィクション賞・新潮ドキュメント賞受賞

柔道史上最強と謳われた木村政彦は力道山との一戦で表舞台から姿を消す。木村は本当に負けたのか。戦後スポーツ史最大の謎に迫る。

宮部みゆき著
理由
直木賞受賞

被害者だったはずの家族は、実は見ず知らずの他人同士だった……。斬新な手法で現代社会の悲劇を浮き彫りにした、新たなる古典！

宮部みゆき著
模倣犯
芸術選奨受賞（一～五）

邪悪な欲望のままに「女性狩り」を繰り返し、マスコミを愚弄して勝ち誇る怪物の正体は？ 著者の代表作にして現代ミステリの金字塔！

平野啓一郎著
顔のない裸体たち

昼は平凡な女教師、顔のない〈吉田希美子〉の裸体の氾濫は投稿サイトの話題を独占した……ネット社会の罠をリアルに描く衝撃作！

平野啓一郎著
決壊（上・下）
芸術選奨文部科学大臣新人賞受賞

全国で犯行声明付きのバラバラ遺体が発見された。犯人は「悪魔」。'00年代日本の悪と赦しを問うデビュー十年、著者渾身の衝撃作！

小野不由美著
黒祠の島

私は失踪した女性作家を探すため、禁断の島を訪れた。奇怪な神をあがめる人々。凄惨な殺人事件……。絶賛を浴びた長篇ミステリ。

小野不由美著
残穢
山本周五郎賞受賞

何かが畳を擦る音、いるはずのない赤ん坊の泣き声……。転居先で起きる怪異に潜む因縁とは。戦慄のドキュメンタリー・ホラー長編。

新潮文庫最新刊

髙村薫著
冷血（上・下）
クリスマス前日、刑事・合田雄一郎は、歯科医一家四人殺害事件の第一報に触れる――。生と死、罪と罰を問い直す、圧巻の長篇小説。

小池真理子著
モンローが死んだ日
突然、姿を消した四歳年下の精神科医。私が愛した男は誰だったのか？ 現代人の心の奥底に潜む謎を追う、濃密な心理サスペンス。

篠田節子著
蒼猫のいる家
働く女性の孤独が際立つ表題作の他、究極の快感をもたらす生物を描く「ヒーラー」など、濃厚で圧倒的な世界がひろがる短篇集。

村山由佳著
ワンダフル・ワールド
アロマオイル、香水、プールやペットの匂い――もどかしいほど強く、記憶と体の熱を呼び覚ますあの香り。大人のための恋愛短編集。

姫野カオルコ著
謎の毒親
投稿します、私の両親の不可解な言動について――。理解不能な罵倒、無視、接触。親という難題を抱えるすべての人へ贈る衝撃作！

吉本ばなな著
イヤシノウタ
かけがえのない記憶。日常に宿る奇跡。男女とは、愛とは。お金や不安に翻弄されずに生きるには。人生を見つめるまなざし光る81篇。

掲《けい》載《さい》禁《きん》止《し》

新潮文庫　な－96－2

平成二十七年三月一日発行
平成三十年十一月十日三刷

著者　長《なが》江《え》俊《とし》和《かず》

発行者　佐藤隆信

発行所　株式会社新潮社

郵便番号　一六二―八七一一
東京都新宿区矢来町七一
電話 編集部(〇三)三二六六―五四四〇
読者係(〇三)三二六六―五一一一
http://www.shinchosha.co.jp

価格はカバーに表示してあります。

乱丁・落丁本は、ご面倒ですが小社読者係宛ご送付ください。送料小社負担にてお取替えいたします。

印刷・大日本印刷株式会社　製本・株式会社植木製本所

ISBN978-4-10-120742-1 C0193